La beauté d'Athènes

JULIA JAMES

La beauté d'Athènes

Traduction française de
ALEXANDRA TEISSIER

AZUR

HARLEQUIN

Collection : Azur

Titre original :
GREEK'S TEMPORARY CINDERELLA

HARPERCOLLINS FRANCE
83-85, boulevard Vincent-Auriol, 75646 PARIS CEDEX 13
Service Clients — https://www.harlequin.fr/contenu/contactez-nous
ISBN 978-2-2805-1728-7 — ISSN 0993-4448

Édité par HarperCollins France.
Composition et mise en pages Nord Compo.
Imprimé en mai 2025 par CPI Black Print (Barcelone)
en utilisant 100% d'électricité renouvelable.
Dépôt légal : juin 2025.

FSC www.fsc.org
MIXTE
Papier issu de sources responsables
FSC® C159065

Pour limiter l'empreinte environnementale de ses livres, HarperCollins France s'engage à n'utiliser que du papier fabriqué à partir de bois provenant de forêts gérées durablement et de manière responsable.

1

Leandros Kastellanos salua ses connaissances d'un hochement de tête et échangea quelques mots ici et là, tout en se frayant un chemin dans le salon de réception bondé de ce quatre-étoiles très prisé de la haute société athénienne pour y donner des fêtes somptueuses, comme celle de ce soir. On s'y retrouvait entre soi pour prendre du bon temps. Smoking et robe du soir de rigueur.

Il se trouvait ici parce qu'il était revenu plus tôt que prévu d'un voyage d'affaires à New York, et aussi par courtoisie envers ses hôtes, parents du couple dont on célébrait ce soir les fiançailles.

Son visage se crispa. Les fiançailles ne débouchaient pas toujours sur un mariage heureux, il en savait quelque chose.

Non ! Il refoula aussitôt le vilain souvenir du fiasco de ses propres fiançailles. Six longues années s'étaient écoulées depuis, c'était du passé désormais. Il n'était plus l'imbécile qu'il était à vingt-six ans, emporté, balayé par une vague romantique scélérate, incapable de discerner la vraie nature de la femme dont il était tombé éperdument amoureux. Jusqu'au jour où il avait ouvert les yeux et pris la réalité en pleine figure.

Ce n'était pas moi qu'elle aimait, c'était la fortune des Kastellanos. Et, si cet argent venait à lui échapper, fini ! Il a suffi que mon père prononce le mot « déshériter » pour qu'elle me largue le jour même.

Ma perfide fiancée...

La révélation avait été brutale.

Un goût de bile lui vint en bouche. L'amour ? À d'autres ! Son père ne l'avait-il pas prévenu, à juste titre ?

Aujourd'hui les millions des Kastellanos étaient à lui. Le décès prématuré de son père, trois ans plus tôt, avait fait de lui l'un des hommes les plus riches de Grèce, et les plus convoités. Le mariage n'entrait pas dans ses projets toutefois. Il s'en tenait aux liaisons passagères qu'il affectionnait naguère, avant de se laisser charmer par la beauté d'une femme dont la candeur s'était révélée si trompeuse.

Dans l'espoir de chasser ce souvenir indésirable, Leandros sortit prendre l'air sur le vaste toit-terrasse aménagé pour les danses de fin de soirée, et désert pour le moment. Tout était calme ici sous les guirlandes chatoyantes accrochées tout autour de la piste. Happé d'emblée par le parfum des fleurs provenant des jardinières luxuriantes, il laissa son regard errer vers l'horizon et l'immortel Parthénon tout illuminé au sommet de l'Acropole... et se figea brusquement.

Là, tout au bout de la terrasse, dans l'ombre des feuillages, se découpait une frêle silhouette féminine.

Le temps suspendit son vol une fraction de seconde et Leandros se sentit vaciller.

Eliana l'aperçut qui franchissait le seuil de la terrasse déserte et son sang se glaça.

Oh ! Bon sang... Non, non, *non !*

Depuis le début l'idée de se montrer ici, ou n'importe où à Athènes, la rebutait, mais Chloé avait tellement insisté ! « Tu ne peux pas te cacher jusqu'à la nuit des temps, Eli. Mes futurs beaux-parents, amis de longue date des Kastellanos, l'ont invité bien sûr, mais il est en déplacement à New York, de l'autre côté de la terre ! Il ne pourra pas être là. » Eliana avait fini par céder, non sans une sourde appréhension, par loyauté envers son amie d'enfance qu'elle ne voyait presque plus depuis son propre mariage, et encore moins depuis la fin tragique de ce mariage.

Ses nerfs avaient failli lâcher dès son arrivée ce soir, à la vue de tous ces visages dont beaucoup lui étaient encore familiers. Elle s'était vite réfugiée sur la terrasse déserte.

Ce refuge n'en était plus un, et pour cause. Son souffle se bloqua dans ses poumons. Il était ici. À moins de dix mètres d'elle. S'imprimant sur ses rétines et dans sa conscience comme si un cercle de feu l'enveloppait. Le seul homme au monde dont la vue lui était insupportable.

Six ans avaient passé depuis leur dernière entrevue, mais les derniers mots qu'il lui avait adressés, dans un réquisitoire cruel suintant la colère et le mépris, résonnaient encore dans sa tête comme s'ils avaient été prononcés la veille.

Un instant, sa vision se troubla. Il s'était figé lui aussi, mais à présent il avançait droit vers elle, d'une démarche assurée, puissante, résolue. Tentée de fuir, Eliana puisa dans une force depuis longtemps restée inexploitée pour se redresser, étouffant un rire nerveux. Pourquoi flancher maintenant, après tous les coups durs que lui avait assénés la vie ?

Les lampes de la terrasse dévoilaient peu à peu ces traits naguère si familiers, et comme taillés dans la pierre ce soir. Ses yeux luisaient d'une lumière presque noire. L'obscurité rendue visible, songea-t-elle. Il se campa juste devant elle et son regard réprobateur se planta dans le sien. Tout le sang-froid d'Eliana ne fut pas de trop pour rester là immobile, épaules droites, comme pétrifiée.

— Eh bien, eh bien… Eliana ! Après tout ce temps. Et toujours aussi belle.

Sa voix tranchante lui lacéra le corps.

— Dis-moi, ajouta-t-il, es-tu ici ce soir pour mettre le grappin sur un autre mari ? Riche, bien sûr, puisque c'est le seul genre d'époux qui trouve grâce à tes yeux ?

Face à ces railleries, Eliana trouva quelque part – mais où donc ? – la force de répondre froidement :

— Non.

— Non ? Je suis pourtant sûr que les candidats fortunés ne manquent pas ici ce soir.

— Je te prie de m'excuser, dit Eliana, je dois aller féliciter Andreas d'avoir su conquérir le cœur de Chloé.

Elle s'élança pour traverser la terrasse, mais il lui emboîta le pas.

— J'en profiterai moi-même pour féliciter la future mariée d'avoir su attraper Andreas Manolis et ses millions.

— Chloé possède ses propres millions, répliqua-t-elle.

— Heureux mariage en perspective, alors. Sans récriminations d'un côté ni de l'autre.

L'accusation voilée, référence à leur propre mariage avorté, affleurait dans son ton railleur. Pour autant, hors de question de flancher. Eliana s'engouffra dans le salon de réception, déterminée à trouver Chloé pour s'éclipser juste après.

S'éclipser. Disparaître. Vite, bon sang !

Son amie l'aperçut et poussa un cri de joie.

— Eli ! Tu es venue. Je suis si heureuse… Andreas, je te présente Eliana, une de mes plus chères amies ! Et son compagnon, c'est…

Chloé s'interrompit net et se mordit la lèvre.

Leandros contint une envie de rire, pressentant que ce rire tiendrait plutôt d'un grognement animal.

— Les apparences sont trompeuses, déclara-t-il. C'est le hasard qui nous a réunis, rien d'autre.

Un hasard particulièrement malveillant, qui se moquait de lui. S'il avait su… s'il avait soupçonné qu'Eliana serait présente… jamais il ne se serait montré.

Les parents d'Andreas le présentèrent à leur future belle-fille. Il prononça les félicitations d'usage tandis qu'Eliana faisait un pas de côté comme pour accroître la distance entre eux. Comme si un gouffre ne les séparait pas déjà !

Elle se mit à discuter avec un couple plus âgé, les parents de la fiancée sans doute. Leandros se détourna, libérant la place pour d'autres invités souhaitant approcher le couple roi du jour, et se dirigea vers le bar. Il avait besoin d'un verre, quelque chose de fort, avant de lever le camp.

Quant à Eliana…

Il fit le vide dans sa tête. Effaça jusqu'à son prénom, jusqu'à son existence, comme il l'avait fait durant six années et le ferait encore à l'avenir. Quoi d'autre ?

Elle est hors de ma vie. Et elle le restera.

Mais en gobant son shot de whisky il revit sa silhouette danser devant ses yeux hagards. Toujours aussi belle… D'une beauté envoûtante…

Il abattit le verre vide sur le comptoir et en commanda un autre.

Eliana pénétra dans sa chambre du petit hôtel deux étoiles, le seul qui fût dans ses moyens, avec un soulagement infini. Elle se délesta de sa robe de soirée, reliquat d'un autre temps. Ses mains tremblaient, son cœur cognait contre ses côtes. Elle se laissa choir sur le lit.

Oh ! Seigneur, elle l'avait revu ! Leandros…

Elle n'avait pas posé les yeux sur lui depuis cet horrible jour où elle avait retiré de son annulaire sa bague de fiançailles en annonçant qu'elle ne se marierait pas avec lui.

Puis elle était allée rejoindre l'homme qu'elle avait décidé d'épouser à sa place.

Le choc de ces retrouvailles la rattrapait, plus violent encore avec l'effet retard. Ses tremblements s'accentuèrent, secouant tout son corps.

Revoir Leandros et savoir qu'il lui vouait toujours autant de haine… qu'elle était toujours aussi abjecte à ses yeux…

Ce mépris, elle le méritait, et c'était sans doute cela le plus insupportable. Depuis six ans. Depuis qu'elle l'avait rejeté pour un autre qu'elle n'aimait pas et qu'elle n'épousait que pour son argent.

Sa culpabilité à l'égard de Leandros se doublait d'une autre. Celle du survivant. Car le mari qu'elle avait préféré à Leandros avait trouvé la mort dix-huit mois plus tôt dans un accident de voiture.

Eh bien ! Elle ne récoltait aujourd'hui que ce qu'elle méritait, après tout. Elle s'était mariée pour l'argent, mais le veuvage lui avait tout repris, la condamnant à l'indigence que ce mariage aurait dû lui éviter. Elle se débrouillait avec le peu dont elle disposait, et qui s'accompagnait d'un devoir qu'elle ne pouvait pas refuser.

Cette pensée lui offrit un soupçon de réconfort. S'il y avait une chose à sauver du naufrage, c'était bien cela.

Quant à Leandros… Son apparition inopinée, son mépris, toujours aussi cuisant en dépit du temps écoulé, tout cela devait être relégué dans l'oubli. Elle ne le reverrait plus. Demain elle retournerait à Thessalonique, où elle habitait depuis son mariage, et reprendrait la vie que lui avait assignée le destin, laissant Athènes loin derrière elle, comme le jour où elle avait saccagé sa propre vie.

Et brisé son propre cœur.

Campé sur la terrasse de sa maison du quartier chic de Psychiko en banlieue d'Athènes, un verre de whisky à la main, Leandros était d'humeur aussi sombre que la nuit autour de lui. Il avait quitté la réception aussi vite que le permettait la décence, déterminé à éradiquer cette femme de sa mémoire.

Seulement elle s'incrustait. Méchamment gravée en lui dans toute la beauté qui l'avait captivé naguère. Il la voyait comme si elle était présente avec lui, levant vers lui ses grands yeux où se trouvait encore tout l'amour qu'il y avait déversé.

Sur cette terrasse même, il avait baisé ses lèvres douces comme le velours, senti son cœur battre follement contre lui tel un oiseau sauvage…

Elle ne ressemblait à aucune des femmes de sa connaissance. Jusqu'alors il avait profité des privilèges que lui conféraient son charme et la fortune de sa famille, conscient qu'un sourire suffisait à éveiller l'intérêt, et souvent le désir.

Eliana, elle, s'était révélée timide, hésitante. Et lui, ébloui, était tombé amoureux pour la première fois de sa vie. Décidé à dissiper les doutes nés de son éducation surprotégée et à la conquérir, il avait voulu voir dans ses yeux bleu-gris sublimes bordés de cils noirs le reflet exact de ses propres sentiments. Lorsqu'il l'avait demandée en mariage, elle avait poussé un petit cri et s'était jetée dans ses bras comme si sa place était là depuis la naissance. Comme si elle ne devait plus jamais le quitter.

Pourtant elle m'a quitté. Pour épouser quelqu'un d'autre !

Son père s'était chargé de lui ouvrir les yeux. Il l'avait prévenu dès le début, du reste. « La situation financière de son père est plus que précaire. Le bruit court en ville qu'il est dans l'incapacité de payer ses dettes. S'il plonge, elle préférera un mari riche. »

Ces mots le déchiraient encore ce soir. Il ne les avait pas crus, sur le moment. Et puis, lorsque Eliana avait retiré sa bague de fiançailles… Accablé, furieux, il avait compris que son père avait vu juste. Et qu'il avait eu raison de la mettre à l'épreuve en allant lui raconter qu'il déshériterait son fils si elle l'épousait et que la fortune des Kastellanos lui passerait sous le nez.

Leandros avait autorisé ce test de bon cœur, sûr qu'Eliana se moquait de son argent, que c'était lui qu'elle aimait…

Quelle erreur !

L'amertume le submergea, presque aussi violente que le soir funeste entre tous où il l'avait regardée partir loin de lui pour toujours, le laissant dévasté et impuissant.

Il s'arracha à la balustrade et regagna le salon d'un pas rageur.

Un autre whisky, voilà ce qu'il lui fallait. Et un autre ensuite si nécessaire, qu'importe, pourvu que ces souvenirs empoisonnés lui fichent enfin la paix !

Eliana et moi, ici, sur ce canapé.

Elle, pelotonnée comme une chatte, la tête au creux de mon épaule. Un bras autour d'elle, je l'embrassais, et sa bouche était capiteuse comme le vin, et son corps si doux contre le mien, et mon unique désir était de la soulever dans mes bras pour l'emmener à l'étage, jusque dans mon lit.

Mais ce projet s'était révélé impossible.

Non seulement cette maison était alors celle de son père, mais Eliana n'aurait jamais cédé à ses désirs croissants, puisqu'elle avait déclaré vouloir attendre leur nuit de noces.

Sa bouche se tordit. Cette dérobade entrait-elle aussi dans ses plans machiavéliques ? Lui refuser son corps pour le rendre plus impatient encore de l'épouser…

Leandros repoussa son verre vide sur la table basse et se leva. À quoi bon rester planté là, à se remémorer ce qui s'était passé et ce qui ne s'était jamais passé ? À faire revivre en pensée une femme qui n'était pas celle qu'il croyait, qui s'était moquée de lui pour le quitter au bout du compte ?

Il n'avait plus jamais posé les yeux sur elle.

Jusqu'à ce soir.

Leandros grimpa les marches quatre à quatre en arrachant presque sa cravate. Au diable cette soirée ! Demain il partait à Francfort pour ses affaires et c'était une chance. Mettre le plus de distance possible entre la Grèce et lui, voilà la meilleure chose à faire. La *seule* chose à faire.

2

En descendant sur le quai, Eliana était épuisée. Elle n'avait quasiment pas fermé l'œil dans le train. Les cinq heures de trajet d'Athènes à Thessalonique lui avaient paru interminables, et il lui restait encore un bus à prendre pour arriver à destination.

Elle quitta la gare en tirant sa petite valise heureusement dotée de roulettes et passa devant la file de taxis en attente sans tourner la tête. Le bus, c'était tout ce qu'elle pouvait se permettre – avec un studio exigu à l'autre bout de la ville.

Fatigue ou pas, elle prendrait son service ce soir même dans la supérette de son quartier, où elle s'occupait de la mise en rayon et de la caisse. Ce travail était essentiel pour compléter la modeste allocation veuvage que lui avait accordée à contrecœur Jonas, le père de Damian.

Une vague d'accablement la submergea. Toute sa vie ressemblerait-elle à cela désormais ?

J'aurais tellement aimé ne jamais revoir Leandros.

Le passé se réveillait de ses cendres. Après six années sans le voir, elle aurait dû être immunisée, tout de même ! Mais non. Une seconde face à lui lui avait suffi pour comprendre que Leandros Kastellanos, qui avait pourtant toutes les raisons de la mépriser pour ce qu'elle lui avait fait, avait toujours le même pouvoir sur elle. À croire que ces six longues années n'avaient jamais existé.

C'était désespérant… Elle avait fait son choix cependant,

et construit sa vie. Une vie sans Leandros. À elle maintenant d'assumer les conséquences.

Après Francfort, Leandros avait fait un crochet par Londres et Bruxelles. Néanmoins, une fois de retour à Athènes, il eut la sensation que la ville refermait de nouveau ses chaînes autour de lui. En proie à une fébrilité permanente, il aurait bien aimé repartir sur-le-champ à l'étranger, mais ce n'était pas envisageable pour le moment. Depuis la mort de son père il avait repris la gestion de l'entreprise et c'était plus qu'un travail à plein temps. Les déjeuners d'affaires étaient monnaie courante. Celui prévu aujourd'hui aurait lieu au Pirée, avec deux dirigeants d'une société de courtage maritime intéressés par les fonds d'investissement Kastellanos. Indécis, Leandros avait préféré discuter avec eux en personne.

Le vrai problème, c'était qu'il avait toutes les peines du monde à se concentrer sur ses affaires depuis qu'il avait revu Eliana. Il avait beau s'évertuer à les chasser, les images d'elle l'assaillaient sans relâche. Ainsi maintenant, tandis que son chauffeur roulait dans les rues encombrées d'Athènes en direction du port, il songeait à l'accident de voiture fatal à Damian Makris, survenu quelque dix-huit mois plus tôt.

La nouvelle avait fait la une des journaux et circulé parmi ses relations. Elle avait causé un certain choc – ce jeune homme n'avait pas trente ans ! –, mais Leandros n'avait pas voulu s'attarder sur le sujet, ou sur l'idée que désormais Eliana n'était plus la femme de Damian, mais sa veuve.

Jonas Makris, le père de Damian, avait fait fortune dans le bâtiment. Établi dans le nord du pays, il gérait des projets de construction lucratifs un peu partout dans les Balkans. Le fait qu'Eliana soit partie à Thessalonique vivre avec l'homme qu'elle lui avait préféré avait été un soulagement, en un sens.

Elle n'était plus reparue à Athènes, et leurs chemins ne s'étaient plus jamais croisés.

Jusqu'à cette maudite réception en l'honneur des fiançailles d'Andreas Manolis...

Au souvenir de la pique qu'il lui avait lancée, sur sa quête d'un nouveau candidat au mariage, riche bien évidemment, sa bouche se pinça. Qu'elle aille donc chasser le mari à Thessalonique ou n'importe où ailleurs, pourvu que ce ne soit pas à Athènes !

Sa pique était peut-être hors de propos, toutefois. Eliana était peut-être très heureuse de rester veuve et de dilapider la fortune laissée par le pauvre Damian...

Leandros s'ébroua. Voilà qu'il pensait de nouveau à elle. Assez !

Le chauffeur le déposa à l'entrée du prestigieux yacht-club où était prévu son déjeuner. Au prix d'un effort méritoire, il remit ses neurones en ordre de marche et passa en revue les sujets nécessitant d'être clarifiés en vue de parvenir à un accord.

Une heure plus tard, sa décision était prise. Le repas avait été plantureux et ses hôtes manifestement motivés, mais il n'avait guère apprécié les personnages et le contrat qu'ils souhaitaient présentait des risques trop élevés. Gardant pour lui ses réflexions, il promit d'étudier la proposition et ses hôtes semblèrent satisfaits au moment du café et des liqueurs.

Il prêta une oreille distraite à leurs propos très généraux sur les affaires et la vie politique grecque, qu'ils affectionnaient particulièrement, jusqu'au moment où un nom attira son attention.

— Un jour de chance, en revanche, pour Vassily Makris ! Il touchera le gros lot lorsque ce bon vieux Jonas jettera l'éponge.

Leandros se figea, sa tasse de café à la main.

— Vassily Makris ? répéta-t-il d'un ton détaché.

Il avait pris soin de gommer la tension dans sa voix. Ses brèves fiançailles avec Eliana n'avaient pas été publiquement annoncées, si bien que très peu de gens connaissaient ses liens avec la veuve de Damian Makris.

Son interlocuteur hocha la tête.

— Le neveu de Jonas. Damian était fils unique, il n'y a pas non plus de petits-enfants apparemment, juste une veuve, la fille d'Aristides Georgiades… Jonas se désolait de ce mariage stérile et la veuve a tout perdu dans l'histoire.

— Ça, tu peux te le dire, renchérit son acolyte. Jonas l'a pratiquement jetée à la rue, à ce qu'il paraît. Si encore l'argent des Georgiades avait duré, elle s'en serait sortie, mais…

Leandros fronça les sourcils et s'entendit demander malgré lui :

— La propriété d'Aristides Georgiades n'est pas revenue à sa fille, après son décès ? Une bâtisse très ancienne, quelque part au fin fond de l'Attique…

— Non, Jonas Makris l'a gardée. Il avait mis la main dessus au moment du mariage. Si sa belle-fille lui avait donné un héritier, il l'aurait mise au nom de l'enfant, mais vu la situation tout ira au neveu, Vassily.

Venue de nulle part, la voix d'Eliana résonna dans sa tête, évoquant avec tendresse la maison de son enfance.

« Mon père l'adore. Il a grandi là, moi aussi. C'est un des rares manoirs néoclassiques encore debout, construit après l'indépendance grecque au XIXe siècle par mon arrière-arrière-grand-père, avec un grand terrain, des jardins magnifiques et une vue somptueuse. »

Leandros s'ébroua et se concentra sur le présent. Ainsi donc le vieux manoir familial des Georgiades ne l'était plus… Voilà qui avait dû lui faire beaucoup de peine.

Allons ! Pourquoi se soucierait-il de ce qu'Eliana ait perdu sa maison familiale ? Ou de ce qu'elle ait souffert financièrement de son veuvage, aux dernières nouvelles ?

À son vif soulagement, la conversation dériva ensuite sur d'autres sujets. Il ne voulait pas penser à elle. Il ne voulait rien savoir sur elle ! Six ans déjà qu'il en avait terminé avec Eliana.

Pourtant des pensées parasites l'assaillaient.

Si elle n'a pas tiré profit de son veuvage, et si la propriété Georgiades lui a échappé, elle est forcément en quête d'un nouveau ticket gagnant. Et avec sa beauté elle en aura vite trouvé un.

Penchée sur son ordinateur, Eliana fixa le solde de son compte affiché à l'écran. Déprimant. Son salaire était englouti dès le début du mois. Quant aux cartes de crédit… La banque lui en avait accordé une, mais avec une limite basse au vu de sa nouvelle situation. Celles dont elle profitait par l'intermédiaire de Damian avaient été bloquées le lendemain de ses obsèques. Le père de Damian y avait veillé.

Il n'avait pas pris la peine de la rencontrer en personne. Son avocat l'avait contactée pour l'informer qu'elle devait libérer la villa qu'elle partageait avec Damian en n'emportant que ses affaires personnelles, lesquelles, avait-il précisé, n'incluaient pas les bijoux qu'elle portait pour sortir avec Damian. « Ce n'étaient pas des cadeaux, ils vous ont été fournis pour compléter vos tenues. »

Même chose pour sa garde-robe. Elle n'avait eu le droit d'emporter que ce qu'elle possédait au moment du mariage. Une petite allocation lui était accordée, à elle de se débrouiller avec – une concession faite de mauvaise grâce, elle le savait, uniquement pour sauver les apparences. Eliana aurait aimé la refuser, mais elle ne pouvait se le permettre.

Les raisons de ce traitement cruel à son égard étaient évidentes. Jonas Makris lui en voulait de ne pas lui avoir donné un petit-fils. Il avait approuvé l'union de Damian avec une femme-trophée de bonne famille et porteuse d'une fortune héréditaire, et le fait que cette fortune se résume désormais à une peau de chagrin ne lui avait pas déplu, car cela lui avait permis de dicter ses conditions dans le contrat de mariage. Des conditions qu'elle avait approuvées. Tout comme elle avait accepté le contrat moral passé avec Damian.

Son visage s'assombrit. Jonas avait été un père très dur et, si elle n'avait jamais aimé Damian d'amour, elle en était venue à le plaindre.

Leur mariage avait été utile à l'un et à l'autre, mais…

Stop ! Tu t'égares. La situation est compliquée maintenant, voilà tout. À toi de faire front.

Sa situation financière était plus que précaire ? Elle allait devoir serrer son budget de façon plus draconienne encore. Ses yeux se posèrent sur une rare extravagance qu'elle s'était offerte dans la supérette qui l'employait. Elle n'avait pas pu résister, en dépit de tout. Un bateau miniature en plastique, parfait pour jouer dans le bain, soldé aujourd'hui.

Un soupir lui échappa. Elle avait demandé à effectuer des heures supplémentaires à la supérette, pour gagner un peu plus. Elle n'avait aucune vie sociale, alors quelle importance, si elle passait ses soirées à travailler en plus de ses journées ?

Néanmoins c'était usant. Elle le sentait dans sa chair. Continuer, jour après jour, sans la moindre issue en vue, c'était épuisant et démoralisant. Pourtant il le fallait. Elle avait fait un choix six ans plus tôt, dont les conséquences la rattrapaient aujourd'hui.

Dans sa tête résonnait encore la pique de Leandros, sur la terrasse de l'hôtel de luxe où leurs chemins s'étaient de nouveau croisés, à son grand dam.

« Dis-moi, es-tu ici ce soir pour mettre le grappin sur un autre mari ? Riche, bien sûr, puisque c'est le seul genre d'époux qui trouve grâce à tes yeux ? »

Ce discours la ridiculisait… et la condamnait.

Elle n'avait rien à dire pour sa défense.

Rien de rien.

Elle ne pouvait pas davantage se défendre du tourment d'avoir revu Leandros. L'homme qu'elle avait profondément aimé naguère et qu'elle avait trahi.

Eliana Makris. Leandros tapa ce nom sur son clavier pour lancer une recherche sur Internet. Ce n'était pas une bonne idée, mais pas moyen de s'en empêcher. À croire qu'un démon le poussait au crime.

Des photos surgirent à l'écran, issues des magazines en papier glacé et autres tabloïds qui se plaisaient à braquer les projecteurs sur ceux qui menaient la grande vie. Comme Eliana.

Image après image, le regard de Leandros s'aiguisa.

Eliana en robe de bal dans un gala de charité à Thessalonique. Dans une fête privée sur un yacht. Dans un restaurant étoilé. À l'inauguration d'une des prestigieuses propriétés de son beau-père... Les photos défilaient. Eliana au bras de l'homme qu'elle lui avait préféré. Pas grand-chose à voir de ce côté-là. De fait, le charme de Damian Makris résidait non dans sa plastique, mais dans sa fortune.

Leandros fronça les sourcils. Tout de même, mourir à vingt-neuf ans, quelle cruauté du sort ! Ses yeux accrochèrent une image plus sombre. Eliana en robe noire, au côté de son beau-père, quittant la cérémonie des obsèques de son époux.

Il se remémora ce que lui avaient raconté les deux courtiers sur Jonas Makris éjectant sa belle-fille de la famille. À défaut d'un riche mari, elle cherchait peut-être aujourd'hui simplement un homme capable de lui offrir le style de vie luxueux dont elle avait été apparemment privée.

Un type, n'importe lequel... enjôlé par sa beauté...

Des pensées nouvelles tournaient dans sa tête tels des oiseaux de proie. Les nourrir, ou pire encore les suivre, serait une folie... Pendant six longues années il avait ignoré Eliana, soulagé de la savoir partie loin d'Athènes, où il ne pourrait la croiser avec l'autre.

Seulement cet autre avait disparu depuis.

Elle est donc de nouveau disponible, et le luxe lui manque.

Les vautours dans sa tête dessinaient des cercles de plus en plus rapprochés, toutes griffes dehors...

Ses yeux revinrent sur la photo d'Eliana à l'écran. Et tout ce qu'il avait banni de sa vie pendant six ans revint avec la puissance irrépressible d'une marée montante, engloutissant sa raison. Ses doigts voletèrent sur le clavier pour ouvrir un nouvel onglet. Puis cliquer sur un écran après l'autre, jusqu'à atteindre enfin celui qu'il cherchait.

Et réserver un vol pour Thessalonique.

En quittant la supérette, Eliana était rompue après une journée de travail de douze heures, de 7 heures du matin à 7 heures du soir, sans même une pause pour déjeuner. Alors qu'elle poussait la porte de son studio cafardeux, elle se demanda fugitivement si sa vie ressemblerait toujours à cela.

Mais que pouvait-elle faire pour l'améliorer ? Elle n'avait pas fait d'études. Elle s'en était privée pour rester avec son père. Ensuite, durant quelques mois bénis désormais perdus à jamais, elle avait cru à un bonheur éternel avec Leandros et la famille qu'elle était prête à fonder avec lui…

Son mariage avec Damian avait fait d'elle une poupée décorative à exhiber devant le père de celui-ci et ses amis et associés, tirée à quatre épingles, embijoutée, souriante et docile, conversant courtoisement.

Damian…

Une pointe de chagrin la traversa. Quel triste gâchis ! Et cette pagaille qu'il avait laissée derrière lui. Un soupir las lui échappa. Sa vie était maintenant ce qu'elle était, et rien n'y changerait quoi que ce soit.

Elle passa dans la kitchenette avec son électroménager bon marché, son évier défraîchi et son carrelage tout ébréché, son unique placard aux portes déformées. Il lui fallait un café. Elle avait rapporté de la supérette un sandwich mis en vente à moitié prix en fin de journée, qu'elle compléterait avec une boîte de soupe pour le dîner. Un repas frugal mais économique, c'était l'essentiel.

Elle venait de boire une gorgée de café soluble insipide lorsque la sonnette de l'Interphone retentit.

Elle reposa sa tasse, perplexe. Le loyer avait été réglé et personne d'autre que l'agent de son propriétaire ne lui rendait visite.

Au second coup de sonnette, elle se décida à aller presser la commande ouvrant la porte de l'immeuble sans même vérifier d'abord de qui il s'agissait. Le micro n'avait jamais fonctionné et l'énergie lui manquait pour se traîner jusqu'au rez-de-chaussée. C'était sûrement quelqu'un venu pour un autre appartement de toute façon.

Alors qu'elle avalait une autre gorgée de café, on frappa à la porte du studio. Délaissant de nouveau sa tasse elle alla entrouvrir le battant... et se figea de stupeur.

3

Leandros n'en revenait pas. Eliana logeait donc *ici,* dans cet immeuble vétuste, en lisière de la ville ?

Lorsque le taxi l'avait déposé dans cette rue, il n'en avait pas cru ses yeux. S'était-il trompé d'adresse ? Mais non, c'était bien Eliana, là devant lui, le visage de cendre dans l'interstice permis par l'entrebâilleur.

Il la regarda batailler avec la chaîne de sécurité, comme si ses doigts ne se décidaient pas à lui obéir. Une fois le battant ouvert en grand, il franchit le seuil tandis qu'elle reculait par automatisme et promena un regard incrédule autour de lui. L'espace réduit, les meubles bas de gamme, le sol tout abîmé… Il flottait ici un petit air de misère assez lugubre.

Eliana n'était pas seulement revenue dans le monde réel. Elle en avait atteint le fond.

— Je… Qu'est-ce que… Pourquoi… ?

Les mots tombaient en désordre des lèvres d'Eliana, témoignant de son désarroi. Elle le fixait d'un air hébété, le visage toujours aussi blême, les traits tirés. Elle n'avait vraiment pas bonne mine.

Voilà qui servirait sa cause, toutefois, songea-t-il. La fille d'Aristide Georgiades, dont les ancêtres avaient côtoyé les rois grecs d'antan, aujourd'hui veuve du fils d'un des hommes les plus riches de Grèce, réduite à vivre dans un taudis…

Elle fera n'importe quoi pour sortir de là.

— Tu vis vraiment ici ? s'entendit-il demander.

— Comme tu peux le voir, marmonna Eliana.

Elle croisa les bras sur sa poitrine et releva le menton.

— Leandros, qu'est-ce qui se passe ? Que fais-tu ici ?

— Je me suis dit que tu pourrais avoir envie de sortir dîner avec moi.

Elle le fixa, bouche bée.

— Tu es devenu fou ?

— J'ai à te parler, répliqua-t-il, ignorant la petite voix qui lui soufflait que oui, en effet, il était fou de faire ce qu'il était en train de faire.

Le visage d'Eliana se ferma.

— Eh bien, parle !

— Pas ici. Je t'expliquerai pendant le dîner. Possible que tu y trouves ton intérêt, ajouta Leandros d'une voix soyeuse en balayant le studio du regard.

Une lueur traversa le regard d'Eliana, si intense qu'elle illumina une fraction de seconde son visage épuisé. Un élan de pitié l'envahit. Il le repoussa aussitôt. Cette émotion-là n'entrait pas dans ses projets.

Il saisit son sac à main sur la table – du similicuir – et le lui tendit avec les clés de l'appartement posées à côté.

— Allons-y !

Comme elle ne répondait rien, il profita de son hébétude pour l'entraîner sur le palier, puis dans l'escalier, jusqu'au taxi qui les attendait et démarra promptement.

Eliana s'affala sur la banquette, l'air aussi ahurie que lui. Pendant la traversée de la ville il l'observa à la dérobée. Elle regardait droit devant elle, silencieuse et figée.

Leandros sentit quelque chose bouger en lui. La folle impulsion qui l'avait poussé à s'envoler pour Thessalonique se confirmait. En dépit de ses cernes, de ses vêtements bon marché, de son visage nu sans une once de maquillage, de ses cheveux attachés à la va-vite, la beauté d'Eliana était intacte.

Pauvre, mais pas vaincue…

Un sentiment d'irréalité le saisit. Était-il vraiment assis dans un taxi avec Eliana ? Ou allait-il se réveiller en sursaut et s'apercevoir que tout cela n'était qu'un rêve, au bout du compte ?

Son visage se crispa. Il avait eu sa dose de rêves au sujet d'Eliana. Elle les lui avait tous volés et les avait foulés aux pieds six ans plus tôt. Ce qu'il attendait d'elle aujourd'hui était bien plus simple.

Le taxi déboucha sur le front de mer, où s'alignaient de nombreux restaurants, Thessalonique étant la capitale gastronomique de la Grèce. Pas de dîner de gourmet au programme ce soir cependant. Eliana n'avait vraiment pas la tenue de rigueur et la modeste taverne de poisson recommandée par le chauffeur du taxi conviendrait très bien.

Le calme régnait en ce début de soirée. Leandros choisit une table loin des autres rares clients. Eliana plongea le nez dans la carte, sans doute pour éviter de le regarder, songea Leandros.

— Ton choix est fait ? demanda-t-il.

Elle sursauta, nomma un plat de poisson au menu et détourna les yeux. Leandros appela d'un geste le serveur et passa commande, ajouta de l'eau minérale, une bière pour lui-même et une carafe de rouge maison. Les boissons arrivèrent quelques instants plus tard, accompagnées d'une corbeille de petits pains et noisettes de beurre.

Après avoir versé l'eau et le vin dans leurs verres respectifs, Leandros s'accorda une longue goulée de bière, dont il avait grand besoin tout à coup.

— Eliana…

Comme par réflexe, à la mention de son prénom les yeux d'Eliana se braquèrent sur lui… et se voilèrent aussitôt. Sa main saisit une tranche de pain qu'elle émietta distraitement. Elle semblait encore tendue, et malgré tout sa beauté envoûtante et tellement familière éveillait chez lui une foule d'émotions dont il ne voulait à aucun prix. Ces émotions appartenaient au passé, il n'en avait plus rien à faire. Il était immunisé, endurci au mal. Seul comptait le présent – et aussi le futur proche...

— Je suppose que tu te demandes pourquoi je suis ici, dit-il en prenant à son tour une tranche de pain, qu'il beurra avec soin. Comme je te l'ai dit, j'ai quelque chose à te dire.

Il l'observa du coin de l'œil. Son visage demeurait impassible. Alors, sans chercher à tergiverser, à retarder la chose d'une manière ou d'une autre, Leandros alla droit au but.

— Je veux que tu me reviennes, dit-il.

Eliana entendit chaque mot, mais aucun n'avait de sens. Tout son corps se crispa, y compris ses doigts sur la croûte du pain qu'ils émiettaient consciencieusement jusque-là.

— Je suis très sérieux, ajouta Leandros.

Le poids de son regard incisif et sombre, si sombre, rivé sur elle était insupportable.

— Ce n'est pas possible, s'entendit-elle répliquer d'une voix faible.

— Mais si.

Il saisit son verre de vin et but une gorgée sans la quitter des yeux.

— Cela dit, reprit-il, ne te fais pas d'illusions, ce sera quelque chose de nettement plus limité cette fois. Mais tu y trouveras tout de même ton compte...

Ses yeux se plissèrent pour voyager sur elle.

— Tu as vraiment touché le fond, hein ? J'ai entendu dire que le vieux Jonas ne t'avait pas épargnée. Damian t'a sûrement laissé un petit quelque chose néanmoins, non ?

Eliana se sentit pâlir un peu plus.

— Non, dit-elle, la gorge nouée. C'est assez clair, il me semble.

— Pourquoi donc ? À moins que… Il avait peut-être des raisons pour te priver de tout ?

Cette fois, elle s'épargna la peine de répondre. Les années passées avec Damian, les événements qui avaient suivi son décès précoce, cela ne le regardait pas ! Plus rien à son sujet n'était son affaire. Pourquoi se soucierait-il de son sort, après ce qu'elle lui avait fait ?

Et pourquoi, surtout, avait-il surgi ce soir chez elle pour lui tenir ce discours ?

Elle avait la sensation d'être victime d'une hallucination. Leandros, ici, assis juste en face d'elle. N'était-ce pas un mirage ? Elle avait beau s'évertuer à garder ses distances, ce visage naguère si familier aimantait son regard et secouait tous ses sens endormis.

Le parfum de son après-rasage était le même que dans son souvenir. Comme ses cheveux couleur sable. Ses prunelles sombres pailletées d'or. La ligne de sa joue, sa bouche finement sculptée… Sa carrure athlétique, son corps puissant et souple à la fois… Tout cela, ici à Thessalonique… bien réel.

Prise de vertige, elle tendit la main vers son vin d'un geste vif.

Leandros en profita pour reprendre la parole.

— On dirait que tu as récolté ce que tu méritais. Tu l'as épousé pour son argent et tu te retrouves sans rien aujourd'hui.

Leurs plats arrivèrent sur ces entrefaites, au grand soulagement d'Eliana, qui se concentra sur son poisson avec un bel appétit.

— Je suis donc venu te faire une offre, reprit Leandros d'un ton sec en saisissant ses couverts. Je dois me rendre à Paris pour affaires la semaine prochaine. Et je veux que tu viennes avec moi.

Sa voix était ferme, dénuée d'émotion. Eliana s'était figée, la fourchette en l'air, transpercée malgré elle par une émotion indicible.

Paris… La destination qu'ils avaient choisie pour leur voyage de noces.

Il détacha les yeux de son assiette pour les braquer sur elle.

— Nous avions prévu de partir là-bas juste après la cérémonie, tu te souviens ?

Les doigts d'Eliana se crispèrent sur la fourchette. Leandros affectait le détachement, mais l'éclat de son regard lui brûlait la peau comme un acide.

— Il ne s'agit pas de faire revivre le passé, Eliana. Ce sera plutôt, disons… une mise à jour.

Il prit une bouchée de poisson et la fit descendre avec une gorgée de vin avant de poursuivre :

— Et au vu des circonstances actuelles mon offre me semble tout à fait appropriée. Je suis disposé à te prendre en charge. Chacun de nous y trouvera son intérêt. Je te fournirai une garde-robe neuve et à la fin du séjour je me montrerai généreux. De quoi t'extraire de ton gourbi et retourner à Athènes toute pimpante pour repartir en quête d'un mari. Pile ce que tu veux. Quant à moi… Eh bien, j'obtiendrai aussi ce que je veux, Eliana.

— C'est-à-dire ? s'enquit Eliana d'une voix atone en reposant sa fourchette.

Ses yeux noirs s'illuminèrent d'un éclat sardonique.

— Ce dont j'ai été privé. Parce que tu me l'as refusé.

Délaissant ses couverts il tendit la main et la posa sur la sienne. Cette main était toute chaude, mais elle pesait lourd, aussi lourd qu'une arme.

— Toi, dans mon lit, chuchota-t-il.

Il l'avait dit. À haute et intelligible voix. Sans ménagement ni petits cœurs autour – ces délicatesses n'avaient plus lieu d'être. Rien que la vérité brute, viscérale.

Leandros retira sa main, qui ne l'avait pas touchée pendant six longues années.

— Tu t'es refusée à moi du temps où nous étions ensemble avec de grands discours sur le symbole de la nuit de noces, l'importance de ne rien précipiter, et autres sornettes. Était-ce une façon de protéger tes arrières, de rester pure, au cas où une meilleure opportunité se présenterait ? Je me demandais si Damian avait su apprécier cette attention ? S'il avait savouré ta beauté surnaturelle… Bah ! Peu importe. Moi, je saurai. La virginité n'a aucune valeur particulière pour moi. Même du temps où je comptais t'épouser c'était ton choix, pas le mien, de patienter jusqu'au mariage, pour des raisons qui m'échappent. Désormais nous serons, comment dire ? *égaux* sur ce plan. Tous deux expérimentés. Nous ferons, j'en suis convaincu, de bons amants.

Là-dessus, il reprit fourchette et couteau en main. Le poisson était goûteux, le plat copieux, et son humeur s'améliorait à mesure qu'il prenait confiance en sa propre décision. Oui, c'était une bonne décision. Pendant six ans il avait tout fait pour ignorer l'existence de la femme naguère précieuse à ses yeux ? Place à la stratégie inverse !

Mais à ses conditions, cette fois. Pas à celles d'Eliana.

— Je suis attendu à Paris dans huit jours, reprit-il. Je te rejoindrai ici à Thessalonique et nous prendrons l'avion ensemble. Ne te donne pas la peine de remplir une valise, à peine arrivés nous irons faire le tour des maisons de haute couture. Donne-moi ton numéro de téléphone actuel et je t'enverrai par texto l'heure à laquelle tu devras te présenter à l'aéroport.

Satisfait de ce discours prononcé d'une voix claire et professionnelle, Leandros guetta la réaction de son interlocutrice, mais rien ne vint. Elle semblait absorbée par la dégustation de son propre poisson.

— Eliana ? Tu as besoin d'un acompte, peut-être ? Dans ce cas, le problème sera vite réglé, dit-il en plongeant la main dans la poche de sa veste pour en retirer son portefeuille. Si tu as des frais en suspens, est-ce que ceci suffira ?

Il sortit quelques billets de cent euros et les posa à côté de son assiette. Eliana s'arrêta de manger, repoussa les billets et le regarda.

— Non merci, Leandros. Je te remercie aussi de cette aimable invitation à partir à Paris avec toi pour te tenir compagnie au lit, poursuivit-elle de la même voix courtoise, mais c'est non.

Leandros laissa passer un temps, puis demanda d'un ton détaché :

— Pour quelle raison ?

— Le passé est mort et enterré, Leandros. Je ne tiens pas à l'exhumer. À quoi bon ?

— À quoi bon ? Mais je viens de te le dire, Eliana ! Je te financerai. Je te remettrai sur pied, et tu auras de quoi repartir en chasse d'un autre homme riche disponible. Chose impossible à faire en vivant dans un trou à rats au fin fond de Thessalonique, ajouta-t-il d'une voix plus sèche que nécessaire.

Eliana gardant le silence, il vida son verre de vin d'un trait et se mit en devoir de vider son assiette. Pour une simple taverne à touristes, la nourriture était bonne et il mangeait avec appétit maintenant.

Il n'insista pas, laissant Eliana réfléchir à sa proposition.

Le repas terminé, il régla l'addition et se leva.

Au sortir de la taverne, l'air était tiède sur le front de mer. C'était le moment de la *volta* du soir, les promeneurs abondaient ici le long de la grande baie, comme partout ailleurs en Grèce au bord de l'eau à cette heure.

— Marchons un peu, proposa Leandros.

Eliana calqua docilement son pas sur le sien, encore abasourdie, incapable de croire à ce qui se passait. La réapparition de Leandros, la proposition qu'il venait de lui exposer. Ce discours qu'il avait tenu, en croyant qu'elle dirait oui…

Incroyable.

— Nous faisions cela chaque soir, tu te souviens ? À La Canée, le long du port, pendant notre escapade en Crète.

Le cœur d'Eliana se serra. Comment aurait-elle pu oublier… La main de Leandros emprisonnait alors la sienne comme s'il ne voulait plus jamais la laisser partir…

Mais c'est moi qui l'ai laissé partir. Pour rejoindre un autre homme.

La douleur familière, si tenace, la transperça comme pour la punir de ses actes.

— C'étaient de belles vacances, reprit Leandros avec un brin de nostalgie dans la voix, qui s'effaça aussi vite qu'il était apparu. Tu avais insisté pour prendre des chambres séparées.

Vif comme l'éclair, il vint se poster devant elle et posa les mains sur ses épaules. Eliana se figea.

— Si… si nous n'avions pas dormi séparément tout le temps à l'époque… tu ne m'aurais jamais quitté.

Ses mains retombèrent mollement.

— Non. Je suis idiot de penser ça. Avec ou sans le sexe, tu m'aurais abandonné, n'est-ce pas, Eliana ? Parce que je n'allais pas pouvoir te donner ce que tu voulais. L'argent ! s'exclama-t-il d'un ton si dur qu'Eliana vacilla. C'est tout ce que tu attendais d'un homme, peu importe lequel. Est-ce que ce pauvre imbécile de Damian le savait ? Est-ce qu'il avait conscience que si son père, comme le mien, avait menacé de le déshériter tu l'aurais laissé tomber tout aussi impitoyablement ?

Il avait accéléré le pas. Eliana peinait à le suivre, submergée par des émotions qu'elle était bien en peine de contenir.

Oh ! bon Dieu, pourquoi Leandros était-il revenu ? Sa vie n'était-elle pas déjà suffisamment sordide sans qu'il vienne retourner le couteau dans la plaie béante de son cœur ?

— Tu ne réponds pas ? reprit Leandros. Oh ! Et puis, quelle importance. Damian savait ce qu'il risquait en épousant une femme qui venait de quitter son fiancé parce que le magot s'était envolé… J'ai conscience du risque que je prends aujourd'hui, c'est pourquoi mon offre est rigoureusement cadrée. Que ce soit bien clair, je te sortirai du gouffre dans lequel tu es tombée, mais à *mes* conditions, Eliana. Le but est de conclure une histoire ancienne, pas d'en amorcer une nouvelle.

Il n'y avait rien à répondre à cela. Eliana s'arrêta.

— Je suis fatiguée, dit-elle. Je n'irai pas plus loin.

— D'accord. Je te raccompagne chez toi,

Il héla un taxi. Eliana s'effondra presque à l'intérieur et ferma les yeux. Voir Leandros, le savoir là, si proche qu'elle n'aurait qu'à tendre la main pour prendre la sienne et sentir ses doigts se mêler aux siens, comme avant... C'était insupportable. Une angoisse terrible la submergea, charriant toute la détresse du monde.

J'aimais cet homme, et je l'ai quitté.

Ce qu'ils avaient vécu ensemble durant un temps si court, et qu'elle avait détruit sciemment, par choix, ne pourrait jamais, jamais revenir.

Leandros resta silencieux durant le trajet. Une chance, car elle serrait les paupières très fort, terrifiée à l'idée que les larmes coulent. Il les jugerait sûrement artificielles, et croirait à une manipulation de sa part...

Parvenu devant son immeuble, le taxi se rangea le long du trottoir. Elle sortit de la voiture en titubant.

— Eliana.

Elle se retourna à contrecœur.

— Tu ne m'as pas donné ton numéro, dit Leandros.

Elle le fixa, hagarde. Bien sûr qu'elle ne le lui avait pas donné ! Pour quoi faire ?

Visiblement agacé, Leandros tira de la poche de sa veste une carte de visite, qu'il lui tendit par la vitre ouverte.

— Tiens, dit-il. Envoie-moi un message. Tu auras en retour les détails du vol.

Eliana baissa les yeux sur la carte. Consciente de commettre une erreur, mais incapable de s'en empêcher, elle s'en saisit sans un mot, puis tourna les talons.

Elle l'entendit indiquer au chauffeur le nom du meilleur hôtel de la ville. Puis, enfin, le taxi s'éloigna.

Elle pénétra dans l'immeuble d'un pas d'automate, la carte de visite lui brûlant les doigts tel un charbon ardent, se traîna dans l'escalier avec la sensation de charrier un fardeau sur son dos et à peine arrivée dans le studio elle s'effondra sur le lit.

4

Allongé sur le lit les yeux grands ouverts, Leandros renonça vite à trouver le sommeil.

Il était encore secoué par la révélation de la chute spectaculaire d'Eliana. Ce studio exigu, sans âme, dans un vieil immeuble sale à l'autre bout de la ville... Était-elle vraiment tombée si bas ?

Eh bien, il avait les moyens de la sortir de là et de l'aider à retrouver un niveau de vie décent !

Son front se plissa. Pourquoi cette absence de réaction, lorsqu'il avait exposé son offre ? Avait-elle un meilleur projet en tête ? Il serra les dents. Si oui, ce n'était pas de lui qu'elle l'obtiendrait. Il s'était montré franc avec elle. Il ne lui avait laissé aucune chance de nourrir de faux espoirs.

En tout état de cause, sa proposition n'avait rien de sordide. Une aventure, une liaison temporaire, dont chacun sortirait gagnant. Elle, avec de quoi quitter son taudis, et lui... Lui, il obtiendrait ce qui l'obsédait depuis ce maudit soir de fête à Athènes, des semaines plus tôt...

Les mains jointes sous la tête, il fixa le plafond de sa chambre d'hôtel mais, ce qui dansait devant ses yeux, c'était l'image d'Eliana assise en face de lui dans la taverne, sans maquillage, dans une tenue quelconque, les cheveux attachés à la va-vite, et toujours aussi belle.

Son esprit voyagea plus loin dans le passé, jusqu'à ce séjour en Crète dont il lui avait parlé. Un bonheur absolu. Au côté d'Eliana, il avait découvert un autre monde. La semaine avait été magique et terriblement frustrante aussi, chaque baiser lui insufflant l'envie d'aller plus loin tandis qu'elle s'y refusait invariablement. Leandros grimaça. Sa seule consolation avait été de constater qu'elle avait autant de mal que lui à se retenir, tant elle le désirait. Et lui-même s'évertuait à lui prouver que ce désir était réciproque. Comme le soir où, dans une rue pavée déserte du centre ancien de La Canée, à deux pas de leur hôtel, une maison d'artisan reconvertie, elle s'était arrachée à ses bras, haletante, un peu hébétée. « Laisse-moi venir te rejoindre dans ta chambre cette nuit », avait-il chuchoté en essayant de l'enlacer encore. Mais elle n'avait rien voulu entendre. « Nous étions d'accord… Oh ! Leandros, ne rends pas les choses plus difficiles qu'elles ne le sont déjà. Je tiens tellement à attendre notre mariage. Notre nuit de noces. »

Sa voix s'étranglait. Ses yeux luisaient du désir qu'il avait attisé en l'embrassant avec toute la ferveur du monde. Leandros n'avait pas insisté davantage, sachant combien c'était important pour elle.

Son expression changea, se teinta d'aigreur. Avec le recul, ce qui lui importait vraiment à l'époque devenait clair – rester vierge et pure pour Damian…

Comptait-elle préserver sa virginité depuis le début, pour le cas où un contretemps empêcherait leur mariage ? Se serait-elle donnée à lui seulement une fois l'alliance glissée à son doigt, et l'accès à la fortune des Kastellanos sécurisé ?

Eh bien ! Il n'y aurait pas d'alliance et tout ce qu'elle obtiendrait de lui sur le plan matériel, ainsi qu'il l'en avait informée pendant le dîner, serait une garde-robe haute couture, ainsi que les bijoux qu'il choisirait de lui concéder avant de la renvoyer dans ses pénates et qu'elle pourrait revendre pour se renflouer.

Lorsque je me serai lassé d'elle.

Lorsqu'il se serait lassé d'elle, il serait libre, enfin ! de reprendre le cours de sa propre vie.

Eliana ne me hantera plus jamais, ni dans mes rêves ni en plein jour. J'en aurai fini avec elle et son pouvoir ne sera plus qu'un souvenir.

Un nerf tressauta dans sa joue. Il sentit ses mains se crisper sous sa nuque tandis qu'il fixait toujours le plafond vide et blanc au-dessus de lui sans le voir.

— Bon sang ! Faites un peu attention !

Eliana marmonna quelques mots d'excuse. La colère du client avait glissé sur elle. Son esprit était ailleurs, loin des rayons qu'elle était en train de réapprovisionner, pris dans un fouillis d'émotions telle une pelote de laine tout emberlificotée et impossible à démêler. Une semaine que cela durait – depuis la bombe lâchée par Leandros dans la taverne du front de mer. Comme si son apparition au studio n'avait pas suffi !

À travers les fils de laine enchevêtrés dans sa tête, une phrase tournait inlassablement, jour et nuit, sans répit.

« Je veux que tu me reviennes. »

Elle avait tenté d'étouffer ces mots, de les réduire au silence avec ceux qu'elle avait elle-même prononcés, non sans peine, ce soir-là.

« Merci, mais c'est non. »

Elle voulait s'accrocher à eux, elle en avait besoin, un besoin désespéré, mais jour après jour ils perdaient de leur force... Oh ! Pourquoi Leandros avait-il resurgi dans sa vie au lieu de continuer à ignorer son existence comme il l'avait fait durant six longues et mornes années ?

Je n'ai pas besoin de ça et je n'en veux pas.

Elle avait assez pour survivre. Largement !

Elle se redressa et se hissa sur la pointe des pieds pour mettre en place les paquets de pâtes et de riz. Sa pelote mentale se tortillait maintenant tel un nid de vipères. « Je veux que tu me reviennes », martelait la voix de Leandros.

Eliana ferma les yeux. Ne pas prêter attention à ces mots. Ne pas céder à leur pouvoir, à la tentation frelatée d'aspirer, sous quelque condition que ce soit, à retrouver ce qu'elle avait eu pendant un temps.

Le désir de Leandros...

Elle aussi le désirait encore. Elle le désirait depuis toujours et le désirerait jusqu'à la fin des temps...

C'était la réalité. Un fait indéniable.

Mais j'ai perdu ce droit !

Elle se remémora l'apparition de Leandros à la fête de fiançailles de Chloé. Puis sur le seuil du studio, huit jours plus tôt. Ravivant en elle la petite flamme du désir.

Ses épaules s'affaissèrent. Elle avait abandonné tous ses droits le concernant.

Pourtant les souvenirs affluaient, têtus. Leurs promenades au bord de mer. Ses dérobades répétées, alors même qu'elle tremblait dans ses bras, sous ses baisers.

Le remords lui mordit le cœur. Encore et toujours la culpabilité d'avoir trahi son amour et opposé à son désir une fin de non-recevoir. Ce désir qu'il voulait assouvir aujourd'hui, avait-il dit.

Les petits serpents dans sa tête s'agitèrent de plus belle. Comment se défaire de cette culpabilité ? Se libérer enfin de Leandros, des sentiments qu'elle éprouvait naguère pour lui... et de ce désir désormais souillé par le mal qu'elle lui avait fait ?

Peu à peu, fatalement, l'idée prenait forme.

Si je retournais vers lui maintenant comme il me le demande, en lui offrant aujourd'hui ce que je lui ai refusé par le passé – puisque c'est tout ce qu'il attend de moi –, alors je pourrais enfin tourner la page, laisser derrière moi ce que j'ai fait, ce que j'ai détruit.

Les remords lancinants qui lui collaient à la peau depuis qu'elle avait rendu sa bague à Leandros et accepté celle de Damian à la place s'envoleraient...

Et cela le libérerait lui aussi, n'est-ce pas ? Il serait purgé de ma personne. Il me haïrait encore, mais j'ai ici la possibilité de me racheter – et ainsi de me libérer. Simplement en partant à Paris avec lui.

Cette pensée ne la lâcha plus jusqu'au soir.

Elle lui collait toujours au corps sur le trajet du retour au studio, et encore lorsqu'elle se laissa choir sur le matelas défoncé de son petit lit, plongea la main dans son sac et en retira la carte de visite rangée dans la poche zippée.

Elle la contempla fixement quelques secondes avant de sortir son téléphone. Sans réfléchir ni s'autoriser la moindre hésitation, elle entra un chiffre après l'autre sur le clavier et envoya un message à Leandros.

Assis dans un salon business de l'aéroport de Thessalonique, où il venait d'atterrir en provenance d'Athènes, Leandros pianotait nerveusement sur son attaché-case du bout des doigts. Le vol pour Paris allait être annoncé d'une minute à l'autre, et toujours aucun signe d'Eliana.

Elle avait pourtant accepté de le retrouver ici. Pas au téléphone – elle n'aurait pas pris ses appels –, mais par texto. Il lui avait communiqué par retour de message l'heure du rendez-vous.

Alors, où était-elle ?

Allait-elle seulement se présenter ?

La tension irradiait dans ses épaules. Raide, les yeux rivés sur l'entrée du salon, il nota distraitement les regards gourmands de l'hôtesse chargée des rafraîchissements et d'une passagère qui tentait d'attirer son attention sur le canapé du fond. Pas de quoi le distraire de son impatience de voir Eliana franchir cette fichue porte.

L'embarquement commença, les passagers en classe affaires

étant appelés en premier. Il n'y avait pas d'urgence absolue, mais tout de même...

Eliana flambait dans sa tête, et il n'y avait qu'un moyen d'éteindre ce feu follet.

Leandros se rembrunit. Quelle pitié d'en être arrivé là. Il maudit sa propre faiblesse, la maudit, elle, pour ce pouvoir qu'elle détenait de le rendre aussi friable.

Je ne devrais pas la vouloir. Je ne devrais pas rêver de l'emmener avec moi à Paris pour exiger ce qu'elle m'a refusé avant de me trahir. Ma perfide fiancée...

La petite voix railleuse dans sa tête avait beau s'égosiller, elle demeurait impuissante. Depuis qu'il l'avait revue à Athènes, rien n'avait pu l'empêcher de succomber à la tentation, aux flammes qu'elle avait ravivées en lui, et de venir jusqu'ici à Thessalonique lui présenter cette offre pleine d'arrogance, sûr qu'elle l'accepterait – comment, sans cela, s'extrairait-elle de la fange où l'avait plongée Jonas Makris pour avoir été privé du petit-fils tant espéré ?

Alors...

Où diable était-elle ?

Une hôtesse s'approcha, sourire aux lèvres et porte-bloc en main, pour l'inviter à embarquer.

— J'attends quelqu'un, annonça-t-il sèchement.

L'hôtesse hocha la tête sans se départir de son sourire et s'éloigna vers un autre passager, non sans lui jeter un regard en coin qui ne lui fit ni chaud ni froid.

Il n'espérait l'intérêt – et l'arrivée ! – que d'une femme et une seule.

Enfin, sa silhouette s'encadra sur le seuil du salon.

Une foule d'émotions assaillirent Leandros à cette vue. Colère contre son retard, soulagement qu'elle soit venue et quelque chose de plus puissant, de plus vif, qui l'amena à pointer sur elle son regard tel un rayon laser pour englober toute sa personne et l'imprimer sur ses rétines.

Les traits tirés, Eliana était visiblement stressée en montrant sa carte d'embarquement à l'hôtesse de garde, la main crispée sur son sac, un sac à bandoulière informe qui faisait aussi office de bagage à main, volumineux et encombrant. Il lui avait pourtant recommandé de ne rien emporter puisqu'une garde-robe toute neuve lui serait fournie. Sans doute ce sac contenait-il le nécessaire pour la première nuit, avant le shopping prévu le lendemain dans le faubourg Saint-Honoré.

La première nuit.

Leandros se hâta de repousser cette pensée et se leva pour se porter à sa rencontre.

— Juste à temps ! lança-t-il d'un ton qui sonna comme un reproche.

Eliana s'empourpra.

— Le trajet en bus a pris plus de temps que je ne pensais...

— Je t'avais dit de prendre un taxi, que je t'aurais remboursé ensuite.

Eliana ne répondit pas, les yeux braqués sur l'hôtesse la plus proche, qui visiblement attendait qu'ils se décident à se diriger vers la porte d'embarquement.

Avec un soupir, Leandros lui prit le coude. Il la sentit se figer et pour une raison mystérieuse s'en agaça. Elle se laissa néanmoins entraîner et eut la grâce d'attendre qu'ils aient quitté le salon business pour dégager son bras.

Il l'étudia du coin de l'œil tout en marchant. Son apparence était soignée, mais pour le reste... C'était étrange, voilà, songea-t-il, de la voir dans une tenue aussi ordinaire. Presque aussi étrange que de la voir coincée dans un meublé sordide. Il accéléra machinalement le pas. Qu'à cela ne tienne, cette existence misérable qui lui avait été imposée changerait bientôt. La chance avait tourné, grâce à lui et au grand feu dans sa tête qu'elle seule pourrait étouffer.

Dès lors qu'il aurait obtenu ce qu'il voulait d'elle, ce feu inopportunément ravivé ne serait plus que cendres. Si seulement il n'avait pas recroisé son chemin ! Si seulement Damian était encore de ce monde... Eliana serait restée hors de sa portée à jamais.

Mais aujourd'hui voilà qu'elle embarquait avec lui pour le voyage de noces à Paris qu'elle lui avait refusé naguère. Après cela, s'il existait une justice sur terre, il serait libéré d'elle à jamais.

Enfin.

— Champagne, mademoiselle ?

Le steward exhibait un plateau garni de deux flûtes au contenu pétillant et de petits bols d'amandes salées.

Eliana secoua la tête, mais Leandros remercia le steward et saisit sans façon les flûtes, qu'il posa entre leurs sièges. Le steward leur laissa aussi les amandes avant de s'éclipser.

Leandros s'appropria un verre et lui tendit l'autre, qu'elle prit de guerre lasse en s'exhortant au calme. Son sang-froid était mis à rude épreuve. Être assise ici à côté de lui, dans ce confortable fauteuil de première classe... Elle en frissonnait presque. Leandros avait ce pouvoir sur ses sens depuis toujours. Oui, toujours... Depuis la seconde où elle l'avait aperçu, les autres hommes n'existaient plus pour elle. Même ce pauvre Damian, qui avait essayé d'amadouer son père en prenant une épouse que celui-ci jugeait convenable sans tenir compte des véritables aspirations de son fils.

Et cependant nous avons l'un et l'autre tiré de ce mariage ce que nous souhaitions.

Mariage qui avait tourné court dans une voiture pulvérisée sur la route un an et demi plus tôt, avec son cortège de conséquences...

— À Paris... et au temps que nous passerons ensemble là-bas !

La voix de Leandros coupa court à ses pensées indésirables

et aux souvenirs dont elle voulait encore moins. Il choqua son verre contre le sien, un sourire étirant ses lèvres si bien dessinées. C'était toutefois un sourire un peu dérangeant, comme la note soyeuse qui affleurait dans sa voix.

— À nos jours, ajouta-t-il, et à nos nuits...

Leurs yeux se rencontrèrent. Eliana rompit le contact la première, consciente de la rougeur qui gagnait ses joues. Lorsqu'il la regardait ainsi... Oh !

D'autres souvenirs affluèrent contre son gré. À l'époque déjà il ne la lâchait pas des yeux sans faire mystère de son désir, un désir qui faisait écho au sien et qu'elle ne cherchait pas davantage à cacher durant ces jours d'amour ensorcelants.

Vite, elle prit une gorgée de champagne et laissa la mousse fine emplir sa bouche et distraire ses sens de l'effet que leur faisait la présence de Leandros – si proche et si distant à la fois, dans le sillage du tort qu'elle lui avait causé des années plus tôt...

Une vague de tristesse la submergea. Oui, elle avait décidé, choisi, de venir à lui aujourd'hui au nom de la libération à laquelle ils aspiraient l'un et l'autre, mais les conséquences de ce choix lui pesaient maintenant.

Si ce voyage avait été celui de nos noces il y a six ans... S'envoler ensemble pour Paris, jeunes mariés partis pour l'aventure d'une vie entière ensemble... Oh ! Quelle merveille !

Au lieu de quoi...

Eliana ravala un soupir. Regarder en arrière ne servait à rien. Elle s'octroya une seconde gorgée de champagne, qui lui ferait peut-être un peu tourner la tête, mais la protégerait des émotions en dents de scie.

Leandros était plongé dans la lecture d'un journal économique tiré de son attaché-case. Peu à peu, son souffle s'apaisa. Elle piocha quelques amandes salées. Le stress l'avait empêchée d'avaler quoi que ce soit ce matin alors qu'elle rassemblait son courage pour partir pour l'aéroport. Un repas serait peut-être servi durant le vol. Il y aurait aussi un dîner ce soir, avant…

Ses réflexions s'arrêtèrent là. Impossible d'envisager la nuit prochaine. Elle n'osait pas. Où était passée la détermination qui l'habitait au moment d'envoyer ce texto fatidique à Leandros ?

Le bruit des moteurs enfla soudain. Pendant le décollage, Eliana se renversa contre son dossier et ferma les yeux. Avec un peu de chance Leandros la croirait peut-être endormie.

— Tu te sens bien ?

Elle rouvrit les yeux et tourna la tête vers Leandros qui la regardait d'un air inquiet.

— Très bien, merci.

— Je n'ai jamais volé avec toi. Pour aller en Crète nous avions pris le bateau.

Le souvenir émergea dans la seconde, douloureux entre tous. Cheveux au vent sur le pont du ferry, accoudée au bastingage, les bras de Leandros autour d'elle, la tête nichée au creux de son épaule, insouciante… et si formidablement heureuse.

Elle baissa les yeux et reprit sa flûte en main. À quoi bon se remémorer ce bonheur ? Elle l'avait anéanti et il ne reviendrait jamais. *Jamais.*

— Alors ? Nerveuse en avion ? insista Leandros.

— Non, dit-elle, même si je ne l'ai pas pris souvent. Avec ma mère nous sommes allées quelquefois en Angleterre, rendre visite à ceux de nos parents qui n'avaient pas réprouvé son mariage avec mon père. Elle en profitait pour revoir des amis de jeunesse. Après sa mort, ces voyages ont cessé. Je suis restée avec mon père, parce que…

Elle se tut. La disparition de sa mère ayant dévasté son père, à dix-huit ans elle avait tout lâché, renonçant même à étudier à l'université, pour lui tenir compagnie dans leur maison magnifique mais isolée, en pleine campagne. La vie était très calme… Et puis une de ses anciennes camarades de classe l'avait invitée à son vingt et unième anniversaire dans sa villa de Glyfada, sur la Riviera athénienne, et elle n'avait pas pu résister, en dépit des inquiétudes de son père. C'était là, sur la terrasse dominant le golfe Saronique, sous les lampions, alors que les invités dansaient et faisaient la fête, qu'elle avait vu Leandros pour la première fois.

Le coup de foudre avait été immédiat. Ce grand et beau jeune homme rayonnant d'assurance avait aimanté son regard. Il discutait avec une invitée savamment maquillée, vêtue d'une robe très élégante et très décolletée, qui cherchait clairement à le séduire. Il avait soudain relevé la tête, et leurs regards s'étaient croisés.

La terre s'était soudain arrêtée de tourner. La musique, le brouhaha des conversations, l'agitation générale, tout cela avait fait silence. Comme dans un film au ralenti, elle l'avait vu tourner vers l'autre fille un sourire poli mais dédaigneux, puis traverser la terrasse à longues enjambées, droit vers elle.

Il lui avait décoché un sourire, un vrai, sincère, lumineux. Et ce simple sourire l'avait bouleversée.

— Parce que… ?

— C'était plus pratique, dit-elle en haussant les épaules.

Du coin de l'œil, elle aperçut le steward qui avançait lentement dans l'allée centrale en distribuant des menus et proposant un second service de champagne. Elle tendit sa flûte pour être resservie. C'était téméraire sans doute, mais le besoin s'en faisait sentir. Puis chacun fit son choix dans le menu et Leandros se replongea dans son journal.

La collation arriva quelques minutes plus tard. Eliana attaqua aussitôt son plateau. Leandros ne tarda pas à l'imiter.

— Alors, dit-il, quelles maisons de couture ont ta préférence aujourd'hui à Paris ?

— Aucune. Choisis celle que tu veux.

— Eliana, c'est ce que *tu* veux qui importe !

Elle le regarda, perplexe.

— Mais c'est pour toi que je suis ici, Leandros.

Tout en parlant, elle sentit ses pensées la trahir. Était-elle dans cet avion uniquement pour lui, pour se racheter un tant soit peu en lui donnant tout ce qu'il voulait encore de sa part… et tourner la page elle aussi ?

Pas si simple…

Se retrouver à ses côtés, avec l'effet que lui faisait sa présence, et Paris qui leur tendait les bras… Ce n'était pas seulement la fin d'une histoire qu'elle recherchait.

L'émotion lui étreignit la gorge.

— Ah ? persifla-t-il. Je croyais que ton but était de quitter ton trou à rats pour retrouver une vie décente.

Eliana détourna les yeux. Leandros avait la même dureté dans le regard et la voix que le soir de la fête de fiançailles de Chloé, lors de leurs funestes retrouvailles à Athènes. Ce mépris suintait déjà dans ses accusations six ans plus tôt, lorsqu'elle lui avait rendu sa bague et annoncé qu'elle épouserait Damian Makris avant de puiser dans ses dernières forces pour franchir le seuil d'un pas tremblant…

S'épargnant la peine de répondre, elle s'enquit d'un ton détaché de l'heure d'arrivée à Paris, qu'il lui indiqua obligeamment avant d'ajouter :

— Ce soir un dîner d'affaires m'attend. De ton côté tu pourras commander ce qu'il te plaira au service d'étage. Demain matin j'ai encore un rendez-vous à honorer, mais ensuite nous sillonnerons le faubourg Saint-Honoré pour trouver ta garde-robe. Après cela… nous improviserons. Qu'aimerais-tu voir ou faire ?

— Ce qu'il te plaira, répondit Eliana sur le même ton courtois.

C'était l'attitude la plus facile à adopter, celle qui exigeait le moindre effort et ne l'engageait à rien.

— Ne joue pas les filles dociles, Eliana. Ce n'était pas dans tes habitudes et j'appréciais ta franchise. Les autres femmes étaient d'accord avec tout ce que je proposais, c'était pénible, ajouta-t-il en grimaçant. Toi non, et cela faisait partie de ton charme. Cette honnêteté foncière. Sois sincère aujourd'hui encore ! Veux-tu un programme culturel, une balade dans l'Histoire, ou préfères-tu t'en tenir à dépenser mon argent ?

— Tout m'intéresse à Paris, dit-elle. Même les lieux les plus touristiques sont dignes d'une visite.

— Nous pouvons pousser plus loin si cela te fait plaisir. Et si la météo le permet.

Le ton affable était de retour, au grand soulagement d'Eliana. S'ils pouvaient poursuivre sur ce mode neutre, sans attaques traîtresses – comme si elle ignorait les blessures qu'elle lui avait infligées ! –, ce temps avec lui serait plus facile à supporter. Ou moins difficile...

— Versailles ? suggéra-t-il. Le château figurait tout en haut de notre liste, si ma mémoire est bonne.

Là-dessus, il saisit le verre de vin fourni avec le plateau et but une longue gorgée.

Eliana se concentra sur son plateau. Tiens ! Sa flûte de champagne était vide. Elle trempa ses lèvres dans le vin blanc glacé – une couche isolante de plus sur ses nerfs à cran.

— Il y a aussi les Trianon, tout près de Versailles, reprit-il. Le Grand et le Petit. Nous pourrions les visiter...

— Oui, bonne idée.

Nous pourrions faire tant de choses, mais au vrai, si tu m'emmènes à Paris, c'est pour le sexe.

Eliana sentit l'angoisse l'envahir et battit des cils. Ceci aurait pu être leur voyage de noces. Le début de leur vie de couple. Leur rêve d'un avenir ensemble... devenu impossible par sa faute.

Seul restait ce présent empoisonné.

Rien d'autre.

Les larmes montaient. Les cacher, à tout prix. Eliana tendit de nouveau la main vers son verre de vin.

5

Le trafic était dense sur le périphérique parisien tandis qu'ils roulaient vers le centre-ville. Leur hôtel se trouvait sur la rive gauche, près des Invalides, expliqua Leandros.

— C'est un ancien hôtel particulier qui a appartenu à un maréchal de Napoléon, si j'ai bien compris. Tu peux ajouter le tombeau de Napoléon à ta liste d'excursions !

Il faisait poliment la conversation et, si Eliana se félicitait que ses piques lui soient épargnées, le ton restait détaché, impersonnel.

Je pourrais être n'importe qui. Une femme quelconque.

Mais comment pourrait-il en être autrement ? songea-t-elle, chagrine. Depuis qu'elle avait retiré la bague de fiançailles de son doigt en lui annonçant d'une voix méconnaissable son changement de programme, tout ce qui avait existé entre eux avait été anéanti. Leur intimité, tranchée net.

La voiture pénétrait maintenant dans le cœur de la capitale. Eliana se dévissa la tête pour repérer les rues, les monuments, les jardins aperçus dans les films. Leandros les lui désignant à mesure, elle prit conscience que le décor lui était bien plus familier qu'à elle. Normal, elle avait très peu voyagé avec Damian, Jonas Makris tenant à le garder près de lui sous surveillance.

Un frisson d'excitation la parcourut comme ils arrivaient en vue de la célèbre tour Eiffel. Elle était à Paris ! Si complexes que soient ses motivations, c'était quelque chose d'être ici. Une oasis dans le désert du quotidien lugubre auquel l'avait condamnée la disparition de Damian.

Si seulement... Si seulement j'étais ici avec Leandros comme nous l'avions prévu au départ !

Elle se ressaisit sur-le-champ, balaya les « si seulement ». Le visage figé, elle s'absorba dans le paysage qui défilait derrière sa vitre sans regarder Leandros, l'homme qu'elle avait trahi et abandonné et qui jamais ne lui donnerait son pardon.

L'hôtel particulier se révéla une splendeur. Dès ses premiers pas dans le bâtiment, Eliana admira l'harmonie du mélange entre passé et modernité dans le hall luxueux.

— Nous logeons dans le bâtiment maître, annonça Leandros après l'enregistrement à la réception. Dernier étage.

Ils empruntèrent un ascenseur vitré calé contre un escalier impérial et Eliana sentit la nervosité la gagner à mesure que le but de sa présence ici lui apparaissait dans toute sa réalité. Ils émergèrent sur un grand palier. Devant eux, une double porte ornée de dorures, que Leandros ouvrit en mimant une révérence.

Elle pénétra dans un salon de style XVIIIe garni d'un tapis bleu et or et d'un mobilier moderne mais élégant, visiblement conçu pour le confort. Plusieurs tableaux ornaient les murs, alliance très réussie là encore de classique et de moderne. Un large miroir à moulures dorées surmontait une cheminée de marbre et les fenêtres encadrées de grands rideaux de soie bleu roi s'ouvraient sur un balconnet en fer forgé dominant une rue très peu passante et un ravissant petit jardin.

Leandros alla ouvrir une porte sur le côté.

— Ta chambre, dit-il.

Eliana passa devant lui pour emprunter le petit couloir menant à la pièce voisine. Un lit immense drapé de soie, d'autres rideaux majestueux aux fenêtres, une salle de bains privée attenante.

— La mienne est juste à côté, ajouta Leandros. Je te laisse

t'installer, te rafraîchir… De mon côté je dois me changer pour le dîner de ce soir.

Il s'éclipsa, refermant la porte avec soin derrière lui.

D'un geste lent, Eliana abandonna son sac sur le beau couvre-lit et promena les yeux autour d'elle, le cœur battant.

Seigneur ! Elle était à Paris, dans une suite luxueuse, et sa présence ici avait une finalité et une seule.

Outre la fatigue du voyage, des émotions qu'elle aurait été bien en peine de nommer affluaient. Elle prit le temps d'inspirer profondément. La meilleure manière de gérer la situation, c'était de ne pas réfléchir. Juste avancer pas à pas, prendre un moment après l'autre.

Se rafraîchir, avait dit Leandros.

Eliana gagna la salle de bains.

Une éternité s'était écoulée, lui semblait-il, depuis son réveil ce matin-là. La tuyauterie chez elle laissant à désirer comme tous les équipements du studio, le contraste avec ce petit palais était saisissant. Presque sans y penser, elle se déshabilla, fit couler la douche et se glissa dans la cabine après avoir prélevé quelques flacons d'une célèbre marque de cosmétiques française dans le petit panier posé sur le meuble de toilette. Instantanément, elle sentit son moral remonter en savourant la sensation de ses cheveux shampooinés et de son corps enduit de savon aux riches senteurs sous le jet puissant et bien chaud.

Oh ! C'était si *bon* de retrouver une douche aussi agréable et bienfaisante. Un luxe qu'elle considérait naguère comme acquis. Il était venu avec son mariage… et revenait maintenant par la grâce de l'homme qu'elle avait refusé d'épouser.

Son estomac se noua. Elle ferma le robinet, coupant court en même temps à ces pensées dérangeantes pour de multiples raisons qu'elle se refusait à admettre. Si elle se trouvait ici à Paris avec Leandros, ce n'était pas simplement pour payer sa dette et se libérer de lui comme elle se l'était répété…

Elle attrapa une serviette pour envelopper ses cheveux trempés, puis une autre qu'elle enroula autour de sa taille tout en évitant de croiser son reflet. Épaules et jambes nues, les seins pressés contre l'éponge, c'était assez de sentir brûler son corps amaigri que Leandros allait bientôt...

Eliana ferma les yeux. Ne pas réfléchir.

Debout face au petit balcon, les mains dans les poches de son smoking, Leandros se sentait d'humeur étrange. Ses pensées s'entrechoquaient, se contredisaient les unes les autres. Était-ce une erreur grossière de laisser Eliana revenir dans sa vie ? Une folie qu'il regretterait ensuite toute sa vie ? Était-il en train de brasser des cendres qui auraient dû rester enfouies sous terre à jamais ?

En même temps que lui venait cette idée, l'idée inverse surgit, tout aussi virulente. C'était son amour pour Eliana qui était mort et enterré, rien d'autre ! La revoir avait simplement ranimé toutes les sensations physiques qu'elle avait éveillées chez lui et qu'il se réappropriait aujourd'hui. Avec elle son cœur avait appris à s'endurcir. Non, rien ne subsistait de leur amour.

Leandros pinça les lèvres. L'amour d'Eliana... À d'autres ! Ce n'était qu'un calcul égoïste. La preuve, dès que son père avait menacé de le déshériter elle s'était fait la belle. Et s'il l'avait ramenée dans sa vie c'était un choix conscient de sa part. En outre, il avait posé ses conditions.

La porte de la chambre d'Eliana s'ouvrit lentement. Il tourna aussitôt le regard vers sa silhouette qui émergeait.

Elle s'était changée. Sa nouvelle tenue convenait un peu mieux au décor. Une robe sous le genou au discret imprimé floral, taille haute, corsage blousant. Une queue-de-cheval retenait ses cheveux encore humides de la douche.

— Cette robe... Ce n'est pas de la confection, s'entendit-il dire.

Eliana parut un peu prise de court.

— En effet, c'est mon père qui me l'a offerte. Comme celle que je portais à la fête de Chloé. Elles sont vieilles maintenant, mais de bonne qualité.

— Damian t'a sûrement constitué une garde-robe décente ?

— Je n'ai pas été autorisée à l'emporter lorsque j'ai dû quitter la maison que nous habitions.

Leandros secoua la tête. Jonas Makris avait de la suite dans les idées !

De toute façon je ne tiens pas à la voir dans les tenues qu'elle portait avec mon rival.

— Eh bien, tu quitteras Paris avec des habits neufs, dit-il en s'approchant du bar. J'ai un peu de temps avant de partir, aimerais-tu un cocktail ?

Un kir royal sûrement. Champagne et sirop de cassis. Son cocktail préféré…

— Gin-tonic, dit Eliana.

Il lui jeta un regard avant de saisir sur l'étagère bien garnie du petit meuble la bouteille de gin, le tonic et un bol de glaçons.

— Très anglais, commenta-t-il. Tu aimais les cocktails sucrés, à l'époque.

— Peut-être, mais aujourd'hui ma préférence va à l'amertume.

Il y avait un brin de tension dans sa voix.

Leandros prépara son cocktail, puis un martini pour lui-même, et alla la rejoindre au centre du salon.

— Tu as l'air bien fatiguée.

Elle prit le verre qu'il lui tendait et croisa son regard.

— Je suis veuve et désargentée, Leandros. J'ai dû prendre un travail avec des horaires aussi étendus que la paie est modeste. Alors oui, je suis fatiguée.

Le front de Leandros se plissa.

— Je sais que ton père est décédé il y a quelque temps, il ne t'a rien laissé ?

Elle but une gorgée de gin-tonic avant de répondre.

— Il n'avait plus rien à me laisser. Jonas a soldé ses dettes au moment de mon mariage avec Damian, mais avec le domaine en garantie. À sa mort il a saisi la propriété.

— Et du côté de ta mère ?

— Sa famille réprouvait son mariage. Elle voulait pour elle l'époux qui était prévu avant qu'elle ne rencontre mon père pendant des vacances en Grèce.

— Elle a donc largué son petit ami anglais pour épouser ton père ?

Telle mère telle fille, songea Leandros avec aigreur.

Pour toute réponse, Eliana reprit une gorgée de cocktail.

— Tu n'as donc personne vers qui te tourner en Angleterre ? reprit Leandros.

— Il reste à peine deux cousins et une tante qui a toujours été jalouse de ma mère. Et de toute façon…

Sa voix mourut. Leandros n'insista pas. Cette robe fleurie, la queue-de-cheval, l'absence de maquillage la rajeunissaient. Elle semblait redevenue celle qu'il avait séduite, envoûté par sa beauté naturelle radieuse.

Il serra les dents. Elle avait peut-être l'air d'une ingénue à l'époque, avec ses grands yeux innocents qui le fixaient avec adoration et sa façon de lui chuchoter des mots doux, mais il n'était *rien* pour elle. Elle l'avait quitté sans la moindre hésitation une fois prévenue que son père le laisserait sans un centime s'ils se mariaient.

Elle est vénale, seule la richesse matérielle l'intéresse.

Il prononça les mots dans sa tête en détachant les syllabes, avec une lenteur délibérée. Surtout, ne pas oublier. Sans cela il ne serait jamais libéré d'elle.

La sonnerie du téléphone de la chambre vint à point nommé l'arracher à ses idées noires. Il alla décrocher l'appareil posé sur la console de l'entrée, écouta un moment et se tourna vers Eliana après avoir raccroché.

— C'est ma voiture. Je dois filer. J'ignore combien de temps durera ce dîner, alors ne m'attends pas. Commande ce qu'il te plaira au service d'étage. Cette suite est proposée avec un majordome attitré, vois avec lui.

Elle se borna à acquiescer en silence. Il la contempla une seconde encore. Elle semblait toute frêle.

Il s'ébroua. Il ne l'avait pas amenée ici pour la prendre en pitié, bon sang !

Il sortit sans ajouter un mot.

Après le départ de Leandros Eliana resta un moment immobile, un peu perdue. Avait-elle pris à l'instant un cocktail avec un Leandros sur son trente et un, au sex-appeal dévastateur ? Évidemment, cet homme avait tout le temps un charme fou. Tout le temps...

Une cascade d'émotions déferla de nouveau dans ses veines. Le moyen de se défendre de l'impact de la présence de Leandros ? Elle la bouleversait autant que six ans plus tôt... et tout les séparait désormais.

Elle alla s'installer sur le canapé pour siroter son gin-tonic dans l'espoir que l'alcool engourdirait ses nerfs à vif.

Sur la table basse, elle avisa une télécommande sophistiquée dont elle se saisit pour presser des commandes au hasard. Le miroir suspendu au-dessus de la cheminée prit soudain vie. Un téléviseur mural...

Elle surfa sur les chaînes et pour finir arrêta son choix sur une chaîne d'information en anglais. Les malheurs du monde distrairaient peut-être son esprit du présent. Il serait peut-être sage de grignoter aussi un morceau ? Boire l'estomac vide n'était pas recommandé.

Elle passa commande par téléphone d'un dîner qu'elle dégusterait devant la télévision. Un moment plus tard, le majordome vint déposer un plateau sur la table basse et s'éclipsa.

Son dîner terminé, Eliana emporta les restes dans le coin cuisine de la suite et se mit en devoir de laver la vaisselle. Puis elle se prépara une tisane et retourna s'installer sur le canapé. Elle regarda une émission sur la nature, une autre sur l'histoire. De quoi passer le temps…

Elle aurait dû se relaxer. Ici à Paris, dans un hôtel luxueux, sans rien de spécial à faire, sinon prendre du plaisir… Pourtant la tension persistait.

Au bout d'un moment elle éteignit la télévision et se retira dans sa chambre. Au passage, sur une étagère bien garnie de livres dont plusieurs écrits en anglais, elle choisit un de ses romans préférés – *Persuasion.*

Une fois dans son lit, vêtue de la chemise de nuit victorienne qu'elle portait des lustres plus tôt à l'adolescence, bien installée sur un matelas merveilleux à des années-lumière du lit défoncé du studio, calée contre une profusion d'oreillers moelleux, elle comprit que *Persuasion* n'était pas forcément un bon choix. L'héroïne de Jane Austen avait gâché sa vie par manque d'argent, après avoir rejeté l'homme qui l'aimait.

Une seconde chance lui était offerte, toutefois.

Son cœur se serra. Les secondes chances n'étaient pas données à tout le monde.

Moi je n'en aurai pas. Leandros veut seulement tirer un trait, rien de plus.

Elle aussi, ses attentes restaient dans la limite du raisonnable, n'est-ce pas ?

La lassitude l'emporta. Le livre lui tomba des mains, elle ferma les yeux. Elle s'était engagée en toute connaissance de cause dans cette aventure à Paris, mais plus ses implications concrètes se précisaient, plus ses pensées se heurtaient dans le plus grand désordre.

Elle tressaillit soudain. La porte de la suite venait de s'ouvrir. Leandros était rentré… Elle l'entendit marcher dans le salon. Il y eut le tintement d'un verre, lui sembla-t-il. Une autre porte grinça légèrement – celle de l'autre chambre. Et puis le silence.

Un moment interminable, elle resta figée dans le lit, le cœur battant, en proie à des instincts contradictoires. Elle voulait, et ne voulait pas. Elle ne voulait pas… et elle voulait.

Leandros était ici, à une pièce de distance seulement. Leandros qui durant six longues années, avait été hors de sa portée, très loin. Et maintenant… Oh ! Maintenant, il était réapparu dans sa vie. Pour une raison obscure, le fruit de l'amertume, peut-être… Il était ici ce soir, tout près, et elle aussi.

Leandros.

Sans même avoir conscience de ce qu'elle faisait, suivant une pulsion irrépressible, Eliana se redressa, le souffle court. Elle se glissa hors du lit. Traversa la chambre. Ouvrit la porte et passa dans le salon.

Les pieds en plomb, lestés de la culpabilité qui la consumait depuis six ans et de tant d'autres choses aussi… d'un cocktail d'émotions explosif qui l'empêchait de réfléchir sereinement… elle se dirigea vers la porte de la chambre de Leandros.

Elle l'ouvrit et franchit le seuil.

Couché sur son lit, Leandros tenait entre les mains une revue économique qu'il essayait de lire sans y parvenir. Pas moyen de capter le sens de la moindre phrase. Ses pensées filaient dans tous les sens…

Ou plutôt elles filaient vers un lieu et un seul.

La chambre voisine.

Elle était là. Eliana. Réelle, bien vivante. Ce n'était pas un fantasme ou un rêve, ni la nostalgie d'un paradis perdu.

Alors, va la rejoindre !

L'idée lui trottait dans la tête. Son corps le pressait de réaliser l'objectif qu'il s'était fixé en conviant Eliana à l'accompagner ici à Paris… Cependant il résistait.

Ce n'était pas le bon moment. Un dîner d'affaires l'avait occupé toute la soirée, demain matin un rendez-vous client l'attendait. Or, il tenait à se débarrasser de toutes ses obligations professionnelles avant de se concentrer sur Eliana.

Une autre raison l'incitait à patienter. Il voulait lui laisser du temps. Qu'elle le mérite ou non, il la traiterait correctement.

Il reporta les yeux avec effort sur l'article qu'il avait parcouru sans rien retenir. Si seulement le sommeil daignait venir apaiser son agitation...

Alors que les lettres imprimées dansaient sous son regard distrait, il entendit brusquement la porte de la chambre s'ouvrir.

Son cœur bondit dans sa poitrine. Il se redressa.

Eliana, sur le seuil.

Eliana s'obligea à avancer, un pas après l'autre, alors même que ses pieds lui semblaient peser une tonne et que son cœur battait la chamade à la pensée de ce qu'elle était en train de faire.

Leandros était assis dans son lit, le drap remonté jusqu'à la taille, torse nu. Un torse lisse, musclé, légèrement hâlé. Il avait levé les yeux de son magazine pour les braquer sur elle tels deux lasers surpuissants. Elle se sentit rougir et pâlir dans la même seconde et déglutit. Il fallait dire quelque chose, c'était évident, mais un nœud lui obstruait la gorge.

Elle s'immobilisa au beau milieu de la chambre.

Leandros posa son magazine en silence, sans la quitter des yeux.

Elle chercha désespérément ses mots, assourdie par les battements effrénés de son cœur. Elle avait froid et chaud à la fois et se sentait si près de s'évanouir que tenir debout lui coûtait.

— Leandros, je... je...

— Oui ?

Eliana esquissa un pas encore, leva à moitié une main puis la laissa retomber.

— Leandros...

— Eliana. Qu'est-ce que tu veux ?

C'était une simple question courtoise. En apparence.

Elle se sentit rougir de plus belle. De toute évidence, Leandros ne lui viendrait pas en aide. Elle inspira à fond et releva le menton.

— Tu m'as amenée ici à Paris pour une raison précise, alors... me voilà.

Il ne souffla mot, se bornant à trôner dans ce grand lit, adossé à ses oreillers, à demi nu, les yeux vissés sur elle immobile à quelques mètres, en chemise de nuit longue jusqu'aux chevilles.

Un pacha attendant que la femelle élue dans le harem s'avance jusqu'à lui, songea Eliana. Dans sa tête tournaient des histoires lugubres remontant à la conquête ottomane de la Grèce. Était-elle cela ? Une des malheureuses esclaves choisies pour servir leur maître tout-puissant et se soumettre à ses désirs ?

Son visage se crispa. Non, elle n'était pas une esclave ! Elle était ici, à Paris, dans cette chambre, parce qu'elle avait choisi de l'être. Pour des raisons qui lui étaient propres, si confuses soient-elles...

Ignorant le sang qui rugissait à ses oreilles, elle pressa les lèvres et insuffla un soupçon de fermeté et de résolution dans sa voix.

— Tu as dit que tu voulais le voyage de noces que je t'ai refusé il y a six ans. Alors voilà, je... je te le donne.

Là-dessus elle s'avança vers lui, comme aimantée, et s'arrêta au pied du lit. Son pouls accéléra encore la cadence, sans qu'elle sache bien quelle émotion en était la cause. Il y en avait tant qui s'entrechoquaient en elle !

Mais quelque chose n'allait pas. L'expression de Leandros avait changé. Son visage était si sévère que l'angoisse envahit Eliana.

— Ah, dit-il, je vois. La vierge sacrifiée.

Il se pencha en avant d'un mouvement brusque, agitant ses épaules puissantes. Ses prunelles luisaient d'un éclat métallique.

— Eh bien, Eliana, reprit-il d'une voix tranchante, il se trouve que je ne veux *pas* d'une vierge sacrificielle ; entre nous tu ne remplis plus les critères requis sur ce plan depuis un moment de toute façon, n'est-ce pas ? Et encore moins si elle s'imagine pouvoir réparer ses torts par cette offrande vertueuse.

— Non ! Ce n'est pas ça du tout...

Il coupa court à ses protestations.

— Ne t'imagine pas que tu peux me culpabiliser de t'avoir amenée ici en te présentant en victime tenue d'offrir son joli corps à mon désir vengeur !

Chaque mot aiguisé se planta douloureusement dans sa chair. Sonnée, Eliana n'eut pas le loisir de se ressaisir. Déjà il poursuivait sur sa lancée :

— Ce rôle est un peu trop commode. Ma chère, ma déloyale Eliana, lorsque tu me rejoindras dans ce lit, crois-moi sur parole, tu seras aussi avide de moi que je le suis de toi dans tes rêves. Les voyages de noces, même factices, se font à deux !

Après ce discours il se renversa contre les oreillers et reprit délibérément en main sa revue, non sans lui avoir jeté un regard de mépris.

— Retourne te coucher dans ta chambre. Une journée bien remplie nous attend demain.

Elle était congédiée. C'était aussi direct, aussi brutal que cela. Ses joues s'échauffèrent. L'humiliation, et tellement plus que cela...

Rassemblant les vestiges de son sang-froid, Eliana rebroussa chemin sans un mot.

Se pouvait-il qu'il ait raison ? Était-elle allée vers lui uniquement par esprit de sacrifice, afin d'expier la souffrance qu'elle lui avait causée six ans plus tôt ?

C'était l'hypothèse la plus facile à croire.

Et si c'était un leurre ? Une façon de censurer à ses propres yeux une vérité trop difficile à affronter, des émotions qu'elle n'osait réveiller ?

Une fois entre les draps, au moment d'éteindre sa lampe de

chevet, elle revit en pensée Leandros dans son lit, torse nu, en train de la regarder fixement, et sentit ses émotions se tortiller dans tous les sens dans son corps tels des serpents aux crocs empoisonnés.

6

— Bien ! Tu n'as plus qu'à faire ton choix parmi toutes ces boutiques.

La voiture avec chauffeur sillonnait le faubourg Saint-Honoré, quartier par excellence de la haute couture.

— Peu importe, répondit Eliana à voix basse. J'irai où tu voudras.

Elle se sentait plus mal à l'aise encore en sa compagnie que la veille. Après quelques heures d'un mauvais sommeil, la sonnerie du téléphone d'hôtel l'avait réveillée en sursaut. Elle avait écouté, à moitié endormie, Leandros lui expliquer d'une voix bourrue qu'il était déjà parti pour son rendez-vous avec un client et qu'il serait de retour après le déjeuner pour l'emmener faire du lèche-vitrines.

Soulagée de ne pas le croiser, elle avait savouré un petit déjeuner roboratif au lit et s'était chouchoutée avec un long bain bien chaud et parfumé. Sa décision était prise – ses retrouvailles avec Leandros, elle s'en préoccuperait le moment venu. En attendant, elle était déterminée à profiter malgré tout de cette vie de château qui lui était offerte après tant de mois de privations.

Après avoir enfilé la même robe démodée que la veille, le choix étant très restreint, elle était descendue explorer le jardin de l'hôtel. La journée était agréablement tiède, le soleil brillait sur le petit espace élégamment aménagé. Elle avait déniché un petit banc parfait pour avancer dans sa lecture de *Persuasion*.

Anne Elliot se désolait du dédain affiché par le capitaine Wentworth.

Eliana la plaignait de tout cœur, mais elle au moins n'avait pas eu à supporter de piques acérées de la part de Wentworth...

— Eliana, au risque de me répéter, cesse de jouer les martyres, répliqua Leandros. Tu es venue ici de ton propre chef, à toi de choisir maintenant les tenues que tu porteras pendant ton séjour.

Eliana nomma alors une maison de couture qu'elle affectionnait et dont la boutique se trouvait juste devant eux. Le chauffeur arrêta aussitôt la voiture.

Elle désigna quelques robes et on lui indiqua avec empressement les cabines d'essayage.

Leandros était installé dans un fauteuil club, le nez dans un magazine automobile prélevé dans la pile judicieusement disposée sur la table basse à l'intention des accompagnateurs, lorsqu'elle émergea de sa cabine.

Il leva les yeux et les laissa voyager sur elle. Longuement. Son expression changea...

Il y avait de l'approbation dans son regard, et aussi une petite lumière dont elle ne se souvenait que trop bien. Le spectacle lui plaisait. Elle se sentit rougir en s'avançant vers lui.

— Enfin, dit-il tout bas en hochant la tête.

Il se leva tout en jaugeant du regard sa métamorphose.

Elle portait un ensemble ceinturé en cachemire couleur cannelle chic et confortable à la fois, qui soulignait sa silhouette avec élégance. Comme accessoires, elle avait élu un sac à main de cuir fin, des escarpins aux talons raisonnables et une écharpe de soie imprimée assortie à la veste légère aux manches trois quarts. Elle avait ajouté quelques bijoux fantaisie, des perles topaze et un large bracelet.

Une vendeuse lui avait discrètement demandé si elle souhaitait profiter de la gamme de maquillage de la maison. Eliana avait accepté. Sans abuser des quantités, elle avait juste appliqué une ombre à paupières fauve et du mascara, avec un gloss teinté pour donner un éclat doux à ses lèvres, et terminé en vaporisant dans son cou une touche du dernier parfum de la maison. Elle avait aussi retouché ses cheveux, passant de la queue-de-cheval passe-partout à une tresse stylée à la française retenue par des peignes en fausse écaille de tortue.

En apposant les touches finales à son maquillage et sa coiffure, elle s'était dit que sa tenue le méritait. Que cela faisait partie de sa tentative de se rattraper vis-à-vis de Leandros...

Mais ce n'était pas tout, elle le savait. Surtout lorsqu'elle vit ses yeux posés sur elle, gorgés d'approbation, et même d'un petit quelque chose en plus.

Il me regardait tout le temps ainsi à l'époque. Est-ce cela qui me manque tant ?

Elle mit de côté cette pensée. Trop difficile et douloureuse à interpréter...

— J'ai acheté beaucoup de choses, dit-elle. Comme tu m'y avais invitée.

Il acquiesça et, sans marquer la moindre hésitation, il sortit une carte de crédit Platinum pour régler l'addition couvrant une bonne demi-douzaine de sacs portant le nom prestigieux de la maison de couture.

— Les robes de soirée à présent, décréta-t-il. Mais pas ici.

Ils regagnèrent la voiture qui les attendait. Le chauffeur se chargea de caser les sacs dans le coffre et Leandros nomma une autre marque de luxe qu'Eliana connaissait de réputation seulement, les créations n'étant pas assez classiques pour plaire à son ex-beau-père. Quant à Damian, il attendait d'elle qu'elle porte les vêtements agréés par son père, point. C'était son seul souci. Ne pas discuter les ordres de son père, ne jamais défier sa volonté.

À une exception près...

Eliana s'empressa de chasser cette pensée pour se consacrer au présent. Cette fois ce fut Leandros qui se chargea de choisir les robes. Eh bien, si tel était son souhait, qu'il décide donc à sa place ! Cette expédition, c'était lui qui l'avait programmée après tout. Elle ne garderait aucune de ces tenues à la fin de leur séjour. Il la croyait vénale ? Elle lui prouverait le contraire, à défaut de pouvoir effacer ses fautes passées à jamais impardonnables.

— Un peu de tourisme à présent, déclara Leandros lorsqu'ils ressortirent de la boutique. Si nous allions voir ce que devient Notre-Dame ?

— Oui, pourquoi pas ?

Eliana veilla à conserver une voix neutre, mais cela lui coûta. Lorsqu'elle portait ses tenues bon marché sans faire d'efforts particuliers pour soigner son apparence, il était plus facile d'ignorer, ou tout au moins de minimiser, l'impact de la présence de Leandros, en un sens. Élégante aujourd'hui et très en beauté avec sa coiffure flatteuse et un soupçon de maquillage, elle était plus sensible que jamais à la proximité de cet homme dans l'habitacle confiné de la voiture.

Comme au bon vieux temps, lorsque je me faisais belle uniquement pour lui, pour qu'il me trouve séduisante… Je savourais ses regards admiratifs et je le dévorais des yeux moi aussi, sous le charme…

Délibérément, elle tourna les yeux vers sa vitre, loin de la tentation incarnée par Leandros et des souvenirs interdits d'un temps révolu à jamais. La voiture traversait la Seine et l'île de la Cité apparut, avec la noble cathédrale en point de mire.

— Elle est encore en travaux depuis l'incendie qui l'a ravagée il y a quelques années, mais elle reste visible de l'extérieur. Nous y allons ?

— Pourquoi pas ? répondit encore Eliana.

Ils mirent pied à terre et s'acheminèrent jusqu'au grand parvis devant la façade occidentale, où se pressaient les touristes. De nombreux panneaux exposaient l'étendue des dégâts initiaux, photos à l'appui, et les travaux gigantesques entrepris pour restaurer la cathédrale. Leandros leva les yeux vers les deux imposantes tours carrées encadrant la somptueuse rosace en vitraux.

— Je suis venu ici avec mon père la première fois, dit Leandros. Nous sommes montés sur le toit pour voir les gargouilles. Un bonheur, pour un gamin de douze ans !

Dans sa voix perçait une note de tendresse mêlée de nostalgie. Il avait été très proche de son père, Eliana le savait. C'était un point commun entre eux, qu'ils évoquaient de temps à autre. En revanche, contrairement à elle Leandros n'avait aucun souvenir de sa mère, décédée alors qu'il était bébé.

Il se tourna vers elle.

— De mémoire, ton père n'aimait pas voyager et sa santé n'était pas bonne, mais pourquoi n'es-tu pas partie sillonner l'Europe avec tes copains à l'adolescence, Eliana ?

— Mon père se serait inquiété. Et puis, je ne voulais pas le quitter.

— Tu as été très choyée. Couvée, même.

Le regard qu'il posait sur elle en disant cela faisait mal.

— Je ne dis pas trop gâtée, mais peut-être… naïve ? Avec une tendance à croire que tout t'était dû, sans en avoir vraiment conscience. Moi, ça m'était égal. Ma femme aurait eu tout ce qu'elle désirait, alors quelle importance qu'elle ait grandi en pensant que c'était normal d'être dorlotée toute sa vie ? Comme je me trompais, soupira-t-il.

Eliana garda le silence. Que pouvait-elle dire pour sa défense ? Rien… Rien du tout. Elle s'éloigna un peu, faisant mine d'étudier un autre coin de la cathédrale, mais sa vision se brouillait.

Il me jugeait trop couvée… Mais après avoir perdu sa femme mon père redoutait que je l'abandonne à mon tour. Alors il m'a protégée, couverte de cadeaux, et je l'ai laissé faire parce que je savais que cela lui procurait un sentiment de sécurité et un vrai réconfort. De même je savais qu'il se réjouissait que j'épouse un Athénien. Puisque je tenais tant à me marier, autant que ce soit pour vivre le plus près possible ensuite.

— La crypte est ouverte, annonça Leandros en s'approchant. Veux-tu la visiter ? Sinon, j'allais suggérer la Sainte-Chapelle. C'est à quelques minutes de marche et au moins nous pourrons accéder à l'intérieur.

Eliana résista à l'envie de répondre une fois de plus « Pourquoi pas ? » de crainte de s'attirer un commentaire désagréable.

— Bonne idée, dit-elle à la place.

Vraiment ? songea-t-elle. Y avait-il une seule chose sensée dans ce qu'ils étaient en train de faire ?

Un désordre total régnait dans sa tête et Leandros était au cœur de cette tourmente. Elle jonglait entre passé et présent... C'était si bouleversant de se retrouver avec lui.

Elle coula un regard vers son compagnon alors qu'ils quittaient Notre-Dame. Si grand, si familier... Si cher à son cœur, naguère, qu'elle oubliait de respirer dès que sa silhouette se profilait dans son champ de vision. Elle eut soudain envie de se porter à sa hauteur pour marcher à côté de lui, main dans la main, comme ils le faisaient toujours alors...

Ses mains se crispèrent le long de son corps pour résister coûte que coûte.

En entrant dans la Sainte-Chapelle, elle fut tout de suite émerveillée. Un véritable vaisseau de verre ! La lumière du soleil se déversait par les immenses vitraux de mille couleurs qui occupaient l'essentiel des hauts murs tout le long de la nef, guidant le regard vers la gigantesque rosace côté ouest.

— C'est comme être à l'intérieur d'une boîte à bijoux ! s'exclama-t-elle en tournant sur elle-même, éblouie.

— Le vitrail de la rose dépeint l'Apocalypse, expliqua Leandros. Les Quatre Cavaliers sont là quelque part, ainsi que tous les autres signes de la fin du monde.

— Je ne regarderai pas de trop près, dit Eliana en frissonnant.

Elle reporta son attention sur le décor peint des médaillons et des piliers, aux couleurs aussi vives que les vitraux, puis sur les voûtes à ogives courant au-dessus de l'allée centrale, peintes en bleu et portant la fleur de lys de la royauté française.

— La chapelle a été édifiée au Moyen Âge par Louis IX, futur Saint Louis, ajouta Leandros.

— C'est lui dont la première épouse fut Aliénor d'Aquitaine, n'est-ce pas ? Avant qu'elle ne parte épouser Henri Plantagenêt, futur Henri II d'Angleterre ?

— Non, Aliénor a été la femme de Louis VII, puis d'Henri Plantagenêt en effet. Deux mariages somptueux, qui l'ont faite reine deux fois. Bien entendu, en sa qualité d'héritière de plein droit, elle n'avait pas besoin de se marier pour jouir d'un train de vie fastueux…

Eliana s'abstint de tout commentaire et s'approcha d'une des nombreuses statuettes ornant ce bijou de chapelle. Si c'était une énième pique à son encontre, que Leandros se fasse donc plaisir, il en avait le droit. Le venin de ses mots faisait mal, il pesait dans sa tête, mais c'était dans la logique des choses et il n'y avait rien qu'elle puisse faire à ce sujet.

Elle poursuivit son exploration en solitaire, s'offrant ainsi un bref répit avant de rejoindre Leandros près de la sortie.

— Tu en as assez vu ? s'enquit-il aimablement.

Elle acquiesça. Ils ressortirent dans la rue.

— Nous devrions rentrer, dit Leandros après un bref coup d'œil à sa montre. Tu vas avoir besoin de temps pour te préparer, nous sortons à l'opéra ce soir. Le *Manon Lescaut* de Puccini. Cela devrait t'aller comme un gant.

Là, c'était bel et bien une pique.

Un opéra dont l'intrigue mettait en scène une jeune fille pauvre rejetant un amoureux tout aussi désargenté au profit d'un riche prétendant ! Eliana aurait voulu s'insurger, lui renvoyer une réplique assassine... Seulement, comme Manon, elle-même avait préféré la richesse à l'amour.

Non que cela empêche son premier amour de vouloir qu'elle le désire encore...

En montant dans la voiture appelée par Leandros, elle se remémora ses mots de la veille au soir, alors qu'il l'invitait à ne pas se sacrifier et la narguait en prédisant qu'elle serait *avide de lui.* Sa vue se voila tandis qu'elle bouclait sa ceinture de sécurité. Le Leandros qu'elle désirait, c'était celui qu'elle avait connu et aimé naguère. Il était différent aujourd'hui. Comme elle-même n'était plus que l'ombre de la femme qu'il avait aimée.

Alors que reste-t-il, en fin de compte ? Rien que je puisse vouloir.

Quelle tristesse... Ici et maintenant Leandros n'aspirait qu'à une liaison sans lendemain – elle avait perdu le droit d'espérer davantage.

Elle coula un regard vers son compagnon alors qu'ils s'engageaient sur un pont en direction de la rive gauche. Concentré, silencieux, il consultait les messages sur son téléphone. Les émotions tournoyaient en elle, aussi troubles que les eaux de la Seine, et tout aussi insondables. Mieux valait penser à autre chose.

— L'Opéra de Paris est un lieu grandiose, alors sois à ton avantage, lui recommanda-t-il à leur arrivée à l'hôtel. J'ai réservé une loge et nous croiserons ce soir quelques-unes de mes connaissances.

Eliana acquiesça docilement avant d'aller se réfugier dans le sanctuaire de sa chambre à coucher pour se préparer.

Dans sa tête revenait sans cesse le souvenir de la joie qu'elle éprouvait naguère à se faire le plus belle possible pour une soirée avec Leandros. Elle se donnait alors beaucoup de mal pour peaufiner sa coiffure, son maquillage, pour le seul plaisir de voir son regard s'illuminer d'amour à son apparition.

Aujourd'hui...

Aujourd'hui il n'y aura que du désir dans ses yeux.

Son ventre se contracta, mais il ne servait à rien de s'appesantir sur son chagrin. Elle s'employa donc à faire un choix parmi les trois robes de soirée acquises par Leandros. Toutes sublimes, destinées à mettre son corps en valeur et laissant donc peu de place à l'imagination...

Elle jeta son dévolu sur la bleu glacier, pour son décolleté plongeant mais drapé, qu'une épingle judicieusement placée pourrait fermer un peu plus haut. Elle enfila la robe par la tête et laissa glisser la soie sur son corps. Les biais du tissu épousaient ses hanches, ses cuisses. Les fines bretelles dévoilaient hardiment ses épaules... Elle aurait aimé les couvrir d'un châle, d'une étole quelconque, mais elle n'avait à sa disposition qu'un boléro en fausse fourrure divinement douce, qu'elle serait tenue de retirer une fois assise à sa place.

Troublée, elle jeta un dernier regard à son reflet dans le miroir en pied. Même pincé plus haut, le décolleté lui parut encore vertigineux. Dans cette robe de soirée moulante, maquillée, les cheveux domestiqués en un savant chignon, elle se sentait une personne différente. Ni la pauvresse usée par le travail ni l'épouse-trophée du fils de Jonas Makris parée de bijoux – ni même, songea Eliana avec une pointe de nostalgie, l'adolescente romantique aux cheveux fous follement amoureuse.

Ce soir elle était la femme que voulait Leandros, aguicheuse, tentatrice, une femme fatale...

Et moi, qui ai-je envie d'être aujourd'hui ?

La question demeura en suspens, insoluble.

Un coup sec frappé à la porte arracha Eliana à ses réflexions dérangeantes. Elle glissa ses bras nus dans les manches du petit boléro, saisit la pochette de soirée en satin assortie et gagna la porte sur des talons bien plus hauts que ceux dont elle avait l'habitude.

Dehors l'attendait l'homme qui l'avait aimée, puis haïe, et qui désirait aujourd'hui son corps et rien d'autre.

Un cocktail délétère, maléfique.

7

Leandros se figea. Elle avait pris son temps mais, *Thee mou* ! cela en valait la peine… Son regard se riva sur elle, comme aimanté. Six ans plus tôt sa beauté était celle d'une jeune fille au seuil de la féminité, une douce et innocente ingénue, et aujourd'hui…

Elle était devenue femme.

Son visage se crispa. Eliana avait-elle jamais été cette ingénue, en vérité ? Face à une réalité qu'elle n'était pas prête à accepter, le masque était vite tombé.

Elle me voulait tant qu'elle me croyait riche.

Eh bien, sa richesse la sauverait aujourd'hui du déclassement qui lui avait été imposé, du moins pour le temps que durerait son désir. À elle ensuite de retrouver son propre chemin dans le monde. Lui en aurait terminé avec elle.

— La voiture attend, dit-il.

Le timbre de sa voix était aussi sombre que ses pensées, tant la beauté, l'allure d'Eliana semblaient le défier.

Dans la limousine qui les emmenait vers la rive droite, il ne tenta même pas de faire la conversation. Sa mauvaise humeur allait croissant et il ne voyait aucune raison de s'en cacher. La voir assise là sur la banquette, resplendissante dans ce cocon de fourrure blanche posé sur ses épaules, le chignon dévoilant la ligne de sa nuque, le dessin de ses joues et ses beaux yeux soulignés d'un halo charbonneux sous des cils plus noirs que jamais… Le visage détourné vers la vitre, elle regardait défiler le paysage en affectant de ne lui prêter aucune attention. De la robe, il ne devinait que des pans de soie de la taille aux chevilles.

Elle se tenait en retrait, comme s'il n'existait pas pour elle. Les doigts de Leandros s'agitèrent sur ses genoux indépendamment de sa volonté. Les yeux sur le profil que lui présentait Eliana, il se promit de se rappeler à son souvenir. Pour qu'elle ne puisse faire autrement que de remarquer sa présence. Et pour se libérer enfin de ce désir qui le cisaillait.

La limousine se rangea au pied des marches du palais Garnier. Eliana mit pied à terre avec précaution et leva les yeux vers le noble édifice hérité de l'opulence du Second Empire sous Napoléon III. Leandros surgit, plus grand que jamais lui sembla-t-il dans son smoking. Ensemble, ils pénétrèrent dans l'Opéra.

Les ors du décor intérieur étaient somptueux. Eliana promena un regard émerveillé autour d'elle, dans le grand vestibule voûté en berceau où se pressait déjà une petite foule en habits de soirée. La pièce maîtresse ici était le grand escalier d'apparat à plusieurs volées élancées aux courbes raffinées menant aux étages, d'un style baroque flamboyant que seules pouvaient justifier les extravagances du Second Empire. Partout, des colonnes, des pilastres, des statues, des sculptures dorées étincelant sous les lampes…

Comme Eliana clignait des yeux, éblouie, une main lui toucha le coude. Elle sursauta.

— Par ici, chuchota Leandros.

Elle se laissa guider sur les nobles marches, rassemblant d'une main les longs plis de sa robe. Ses talons résonnèrent sur le marbre blanc, comme ceux de bien d'autres femmes qui montaient dans les étages en bavardant en français, mais aussi dans d'autres langues. L'air embaumait les parfums de prix.

Ils gagnèrent rapidement leur loge, depuis laquelle Eliana put admirer la salle de spectacle. L'orchestre et les balcons se garnissaient peu à peu. Elle tressaillit de nouveau – deux mains s'étaient posées sur ses épaules.

— Laisse-moi prendre ta veste, dit Leandros.

Eliana répugnait à la retirer, mais la fourrure glissait déjà sur ses bras. En outre, elle avait trop chaud. Elle se sentit néanmoins mal à l'aise, sachant que Leandros avait maintenant une vue imprenable sur ses épaules, ses bras et l'échancrure du décolleté, en dépit des épingles de nourrice rehaussant le drapé du corset.

Après avoir pris place dans un fauteuil habillé de velours cramoisi et or, elle se pencha légèrement afin de reprendre son inspection du décor féerique de l'Opéra et éviter ainsi de devoir prêter attention à son compagnon, dont la présence la mettait à cran.

Elle l'entendit échanger derrière elle quelques mots en français avec une personne au fond de la loge. Puis le silence revint. Elle perçut peu après un cliquetis de verres et Leandros se dressa à côté d'elle, une flûte de champagne mousseux à la main.

Eliana prit sans réfléchir cette flûte qu'il lui tendait. Il leva la sienne pour trinquer. Ses traits semblaient durcis par le clair-obscur offert par la lumière feutrée des appliques murales.

— À ma Manon, dit-il. Ma fiancée déloyale !

Sa voix aiguisée comme une lame s'inséra droit entre les côtes d'Eliana, qui se sentit pâlir. Elle porta la flûte à ses lèvres et but hâtivement une gorgée, les yeux baissés pour masquer les larmes qui picotaient. À quoi bon lui laisser voir la souffrance que lui causaient ses sarcasmes ? Il penserait simplement qu'elle l'avait méritée.

Et je n'ai rien à lui opposer pour ma défense, je le sais.

Elle s'offrit une seconde gorgée et apprécia en l'avalant le pétillement des bulles fraîches dans sa gorge nouée. Ce petit coup de fouet était le bienvenu.

Entre-temps Leandros s'était approprié le fauteuil voisin du sien. Trop près, beaucoup trop près… Il croisa les jambes loin d'elle, puis lui tendit un programme arrivé sans doute avec la bouteille de champagne.

Une chance, ce court livret. Il lui offrait quelque chose à faire de plus sage que d'engloutir son champagne. Elle posa délicatement sa flûte en équilibre sur le siège inoccupé à sa droite et se concentra pour déchiffrer le texte écrit en français, qui détaillait le contenu de chaque acte. Ce drame particulièrement triste n'avait jamais figuré parmi ses opéras préférés. Normal, avec une telle héroïne, une fille vaniteuse et impénitente, infidèle et vénale...

Leandros me juge-t-il réellement aussi ignoble que Manon ?

Elle reprit en main sa flûte de champagne pour oublier aussitôt cette question angoissante. L'éclairage de la salle faiblissait. Le public avait pris place et les musiciens de l'orchestre finissaient de s'accorder. Un grand silence se fit dans l'assemblée. L'apparition du chef d'orchestre au nom célèbre et familier, saluée par des applaudissements nourris, annonça le début du spectacle.

Le programme sur les genoux, Eliana trouva un vague réconfort à siroter son champagne tandis que s'élevaient les premières mesures de Puccini. Le rideau se leva sur le premier acte, dans lequel le pauvre Des Grieux allait rencontrer celle qui détruirait sa vie.

En dépit de la scène d'ouverture inoffensive avec sa foule joyeuse et ses étudiants insouciants, comment pourrait-elle savourer une histoire aussi sordide ? Néanmoins, au moment où le ténor mondialement connu incarnant Des Grieux entonna l'aria la plus connue de l'opéra, elle sentit monter une émotion irrépressible. La mélodie familière la touchait au cœur et l'entraînait malgré elle dans le plongeon du héros dans cet amour absolu au premier regard voué à le perdre.

Cependant ce n'était pas à Des Grieux qu'elle pensait.

Le souvenir resurgit comme par magie, intact, indélébile.

« *Donna non vidi mai...* » « Jamais je n'ai vu une telle femme », chantait le ténor, et son chant gorgé de joie et de passion éblouie volait par-dessus l'orchestre jusqu'aux loges, éveillant en elle une résonance étourdissante. Car comme Des Grieux elle était tombée amoureuse dès la toute première rencontre, lors de cette fête à Glyfada…

Incapable de résister, Eliana tourna la tête vers sa gauche. Le profil de Leandros semblait taillé dans la pierre. Et tandis que les notes de Puccini emplissaient l'espace, mais aussi sa tête et son cœur, le chant exalté du ténor se mêlant à la puissance des instruments de l'orchestre, il lui sembla entendre comme un appel venu de nulle part. Sans prévenir, l'émotion enfla encore, une émotion dont elle était gorgée à une époque et qu'elle avait crue morte, exsangue, étouffée depuis six longues années. Une éternité.

Contre toute attente elle frémissait encore, cette émotion bien cachée tout au fond de son être, et la voilà qui resurgissait ce soir dans la ferveur du chant, qui reprenait vie et puissance et se révélait inarrêtable… Pas moyen de la repousser pour la renvoyer dans l'oubli où elle aurait dû sombrer… où elle *devait* sombrer… Comment continuer à vivre sinon ?

Un moment, Eliana perdit conscience de son entourage, saisie, enveloppée, envahie par ce grand vent d'émotion qui prenait, ou plutôt *reprenait* possession de son corps.

Et subitement l'enchevêtrement d'idées et de sensations inextricable qui la tourmentait sans relâche depuis qu'elle avait revu Leandros et pris la décision fatidique de l'accompagner ici à Paris se délia comme par magie. Toutes ses angoisses s'évanouirent d'un coup comme si elles n'avaient jamais existé. Une émotion subsista, une seule, nue et claire, si claire…

Elle battit des cils comme l'aria s'achevait, bouleversée de s'apercevoir que la vérité était là, en elle, depuis le début, à son insu.

Six années avaient passé sans doute, elle avait quitté Leandros, épousé puis enterré Damian en pleurant son triste destin, mais aujourd'hui elle savait ce qui brûlait dans son âme, ce qu'elle éprouvait encore et éprouverait toujours pour Leandros, car cela ne la quitterait jamais, quoi qu'il advienne.

Je suis de nouveau avec lui aujourd'hui, après tout ce temps. Et qu'importe ce qu'il attend de moi, cela ne changera pas la vérité qui m'apparaît maintenant dans toute son évidence.

Elle trempa machinalement les lèvres dans son champagne, les yeux sur la scène, observant l'enchaînement des événements qui mèneraient les amoureux au désastre. La musique de Puccini et l'émotion très pure qui l'habitait désormais portaient le même nom.

Elle le savait maintenant, avec une certitude absolue – même imparfait, même condamné, même à sens unique, d'une manière ou d'une autre et contre toute raison, l'amour survivait toujours.

Leandros esquissa son plus beau sourire de courtoisie.

— Permettez-moi de vous présenter Mme Makris, une compatriote grecque.

C'était l'entracte. Ils s'étaient mêlés à la foule dans le grand foyer. Eliana présente à ses côtés s'attirait des regards admiratifs. C'était prévisible, sa beauté lumineuse faisait tourner toutes les têtes. À commencer par la sienne…

Ce bref échange de rigueur avec un associé et son épouse parisienne élégantissime lui offrait une diversion à point nommé. Le couple se demandait-il pourquoi il était en compagnie d'une femme mariée ? Bah ! Les Français acceptaient ce genre de chose sans sourciller.

Ils sourirent à Eliana, qui murmura en retour quelques mots dans un français hésitant. On discuta du spectacle. Eliana, sollicitée sur son ressenti, émit un commentaire poli sur la soprano et le ténor, puis sur la magnificence du palais Garnier.

C'était si étrange de sortir avec elle. Six ans après ! Mais remuer le passé n'avait aucun sens. Il avait cru la connaître, elle l'avait délesté de toutes ses illusions et cela n'avait pas été sans douleur.

Était-ce par esprit de vengeance ? Il se pencha à son oreille tandis qu'ils regagnaient leur loge à la fin de l'entracte.

— Le bleu de cette robe te va à ravir. Aussi glacial que ton cœur ?

Elle ne répondit pas tout de suite, mais une lueur insolite traversa son regard. De la tristesse, songea-t-il, pris de court. Voilà une émotion qu'il n'attendait vraiment pas de sa part.

— Tu as toutes les raisons de penser cela, dit-elle enfin posément.

— Au moins, tu as la grâce de l'admettre !

Elle le contempla de ses grands yeux mélancoliques.

— J'admets tout ce que je t'ai fait, Leandros. Absolument tout.

Ces mots résonnèrent dans sa tête tandis qu'ils reprenaient place dans la loge. Admettre, c'était une chose, mais à aucun moment elle n'avait parlé de regrets…

Cela ferait-il seulement une différence ? Remonterait-elle dans son estime si elle se repentait de son choix après coup ?

En proie à une brusque agitation, il croisa et décroisa les jambes au moment où se levait le rideau de scène. Des effluves du parfum d'Eliana lui parvinrent, il perçut un léger frou-frou de soie à côté de lui. Sa proximité dans la pénombre de la salle le troublait. Il se concentra délibérément sur la musique passionnée de Puccini et les péripéties de l'histoire entraînant les héros vers un dénouement affligeant.

L'infidèle Manon n'aurait dû lui inspirer que du mépris. Pourtant il se surprit à partager son angoisse dans la scène finale alors que son prétendant était parti en titubant chercher de l'eau en plein désert et qu'elle s'arrachait à son agonie pour s'insurger contre son destin.

« Sola, perduta, abbandonata… » « Seule, perdue, abandonnée… »

Malgré lui, ses yeux filèrent vers sa voisine, aussi figée que lui.

Son mari, mort. Un beau-père impitoyable qui la rejette et la laisse pratiquement sans ressources, la contraignant à gagner sa croûte à la sueur de son front, sans espoir de voir sa situation s'améliorer un jour... Abandonnée, seule...

Le cœur de Leandros se serra. Ce ne pouvait pas être de la pitié, elle n'en méritait aucune de sa part, elle n'avait rien fait pour !

Le rideau tomba sur les amants maudits enlacés sur la scène. Il n'y aurait pas de second acte pour Eliana, à supposer qu'elle nourrisse cet espoir ridicule. Il l'avait amenée ici dans le seul but d'exorciser le pouvoir qu'elle avait exercé sur lui et de s'en libérer. Hors de question de se laisser apitoyer et de dévier de ce but. Le risque serait beaucoup trop grave.

— Qu'est-ce qui te tenterait ? demanda Leandros.

Eliana leva les yeux du menu.

— Je ne sais pas trop...

Après le spectacle, comme le voulait la tradition, ils avaient gagné le restaurant de l'Opéra, moderne et épuré, très loin du style rococo du reste du bâtiment. En cuisine, un chef célèbre s'employait à régaler les spectateurs les plus fortunés de plats gastronomiques aussi coûteux que les places des premiers rangs et le menu regorgeait de possibilités alléchantes.

Eliana avait la sensation d'évoluer dans un monde nouveau, similaire à celui qu'elle avait connu, et différent en même temps. Les changements étaient profonds et irréversibles, car il n'y avait plus de retour en arrière possible, elle le savait. Tout était clair depuis qu'elle avait regardé en face la vérité sur sa personne. Fini, la confusion, les conflits intérieurs...

Serait-elle heureuse maintenant ? Non, cela relevait de l'impossible – le ressentiment de Leandros était indélébile. Mais cela aussi elle l'acceptait.

Un regard vers son compagnon, et l'émotion déferla de nouveau. Cette fois elle était prête à l'accueillir. Elle se réjouissait d'être simplement attablée dans ce restaurant très couru avec Leandros, en train de discuter des choix proposés sur la carte, dans le brouhaha des conversations, d'autres convives s'apprêtant comme eux à savourer une nourriture de roi.

— Je prends l'agneau, annonça-t-il. Je te le recommande.

— Alors va pour l'agneau, dit Eliana en reposant le menu.

Sur son conseil, elle commanda aussi une entrée composée de saumon et fruits de mer.

Après les remarques perfides l'assimilant à Manon, le mode courtois était de retour entre eux. Tant mieux, mais cela n'avait plus guère d'importance. L'aigreur de Leandros était justifiée, elle ne pouvait rien y changer et consentait à cette impuissance. C'était elle et seulement elle qui avait changé, pas lui, par la grâce de cette révélation qui avait chassé ses doutes et lui avait donné une nouvelle conscience d'elle-même…

Pendant le dîner, ils conversèrent de sujets neutres, comme ils l'avaient fait tout l'après-midi. Les monuments de Paris, les visites intéressantes, l'art, l'histoire. Pendant tout ce temps Eliana sentit les yeux de Leandros s'attarder sur elle plus d'une fois, comme il prenait son verre en main ou repoussait son assiette. Elle ne s'y opposa pas plus qu'elle ne s'offusqua de sa propre réaction en retour. Oui, elle avait envie de le dévorer du regard et de se réjouir de ce qu'il attendait d'elle, quand bien même cela resterait toujours un cran au-dessous de ses propres attentes.

Une petite aiguille se planta dans sa chair à cette pensée, mais elle accepta la douleur. Leandros ne changerait plus d'avis à son sujet. Il la désirait et la méprisait en même temps, et l'avait amenée à Paris pour la raison qu'il lui avait expliquée. C'était ainsi.

Je me disais que je lui devais cela, que cela soulagerait ma culpabilité, et que je ne voulais rien d'autre, mais je me trompais. Il y avait bien autre chose.

Le temps du déni était révolu. Ce soir, chaque seconde face à

Leandros, chaque regard échangé avec lui, mais aussi cette lucidité toute neuve qui irradiait dans ses veines et la transformait lui firent mieux comprendre ce que la nuit allait leur apporter. À l'un *et* à l'autre.

8

Une fois dans sa chambre, Leandros savoura longuement une lampée du cognac qu'il venait de se servir. À l'arrivée dans la suite, Eliana lui avait souhaité bonne nuit du bout des lèvres avant de se retirer dans sa propre chambre. Il l'avait regardée partir en se demandant s'il devait la retenir. Il se sentait d'humeur étrange. Elle aussi du reste semblait… différente.

Quelque chose avait changé depuis le baisser de rideau à l'Opéra. Puis pendant le dîner. Et encore dans la voiture, sur le trajet du retour. Quelque chose… mais quoi donc ?

Ce qu'il savait, en avalant une nouvelle gorgée de cet alcool de feu, c'était qu'au fil de la soirée son regard avait de plus en plus peiné à se détacher d'elle. Encore maintenant, la fièvre lui fouettait le corps, l'emplissant d'une impatience qui de toute évidence ne pourrait être assouvie que d'une manière et une seule.

Devrait-il céder à cette impatience ? Aller trouver Eliana dans la pièce voisine et atteindre l'objectif qu'il s'était fixé en l'amenant à Paris ? Pourquoi pas… Elle avait donné son accord, alors pourquoi hésiter ce soir ?

Il fit lentement tourner le cognac dans le verre tulipe. Son corps lui soufflait avec une certaine insistance que le moment était venu. La beauté d'Eliana, éblouissante dans cette robe bleu glacier, l'avait enflammé toute la soirée. Cependant les commentaires acerbes qu'il lui avait adressés la veille ici même, dans cette pièce, résonnaient dans sa tête. Il ne voulait pas d'un sacrifice. Il voulait Eliana aussi ardente et désirante que lui.

Aucun signe en ce sens ce soir… Leandros grimaça. Peut-être devrait-il cesser de la tourmenter pour soulager son amertume. Au restaurant il avait fait un effort, il s'était astreint à converser poliment et c'était difficile parfois…

Il soupira. La difficulté était ailleurs, pour être honnête. Il était distrait par le désir qui palpitait douloureusement dans ses veines.

Il palpitait encore.

Leandros lampa le fond de cognac, conscient de commettre un crime contre cette noble liqueur. Peut-être devrait-il envisager une douche, pour penser à autre chose ?

Il posa sans douceur son verre vide sur la commode ancienne en bois d'acajou et arracha son nœud papillon pour se donner un peu d'air. La nervosité le reprenait, et il savait pourquoi.

Eliana se démaquilla avec soin dans sa salle de bains, à l'aide des produits généreusement prodigués par l'hôtel. Elle se nettoya ensuite le visage avec un savon parfumé et l'épongea doucement avec une serviette moelleuse. Puis elle se planta devant le miroir, bien droite, les yeux grands ouverts, leva les mains et retira une à une les épingles de son chignon, laissant ses tresses luxuriantes dévaler ses épaules. Elle secoua la tête et des boucles soyeuses vinrent encadrer son visage.

Sa robe, maintenant. Elle détacha les épingles de nourrice du décolleté et l'échancrure s'approfondit, exposant la naissance de ses seins.

Elle étudia son reflet de près, savourant maintenant sa beauté. Une beauté qui avait un but et un seul…

Son pouls s'accéléra, un frisson la parcourut. Le souffle court, elle se détourna du miroir et traversa la chambre, sensible au frottement des plis de soie de sa belle robe sur ses cuisses à chaque pas. Elle ouvrit la porte et passa dans le salon. Comme la veille. Mais cette fois...

Oh ! C'était si différent.

Le jour et la nuit. Le mensonge et la vérité...

Le déni et l'acceptation.

D'un geste lent, elle ouvrit la porte de la chambre de Leandros et franchit le seuil.

Leandros se retourna. Il était en train de déboutonner sa chemise. Sa veste de smoking était déjà drapée sur le dossier d'une chaise, ses boutons de manchette déposés sur la commode.

Ses mains retombèrent mollement.

Eliana marchait vers lui, le pas non plus hésitant comme la veille, mais fier, dans toute sa beauté radieuse sans égale. Sa robe froufroutait autour de sa silhouette mince aux courbes harmonieuses. Le décolleté profond dégageait le doux bombé de ses seins ronds. Plus une trace de maquillage sur son visage, mais sa grâce naturelle s'en passait fort bien...

Et ses cheveux !

Le souffle de Leandros s'enraya. Ils cascadaient, libres, dans toute leur somptueuse exubérance, sur ses épaules nues.

Une tempête se leva en lui, un grand vent d'émotions tumultueuses, puissantes.

Elle s'approcha de lui sans hésiter, sans effort apparent ni réticence aucune. Elle ne souffla mot, pas plus que lui du reste, et se borna à nouer les bras autour de son cou pour lui offrir sa bouche...

Et il fut perdu.

La bouche de Leandros avait un goût de vin mêlé d'arômes de café. Elle enfouit les doigts dans le sable doux de sa tignasse et sentit ses tétons durcir, gorgés de désir. Oh ! Ce désir glorieux et doux, si doux, qui inondait son corps ! Elle était là, la vraie raison de sa venue à Paris. Six ans ! Six longues années d'angoisse, de deuil, de privations méritées… qui s'évaporaient ce soir comme si elles n'avaient jamais existé.

Il avait saisi sa taille pour l'attirer contre lui et son corps ployait pour se sceller au sien, hanche contre hanche, cuisse contre cuisse. Un sexe dur se pressait contre son ventre et, si naguère, dans son innocence, cette preuve virile de désir aurait pu l'effaroucher, ce soir Eliana s'en régala.

Il était à elle et elle était à lui. Pour cette nuit, pour cette union longtemps différée, elle prendrait et offrirait ce qu'elle n'avait jamais encore pris et offert. Elle ne lui inspirait qu'un désir purement physique ? Aucune importance. Si c'était la seule chose importante pour lui, alors elle se ferait un devoir de le combler et savourerait ce don comme elle savourerait ce qu'elle prendrait en retour, maintenant et à jamais.

Elle s'abandonna passionnément au désir qui la consumait, forte de toute la nostalgie accumulée, de tout ce temps perdu, gâché, à rattraper. Elle avait une nuit pour compenser tout cela. Donner, prendre. Maintenant. Oh ! Maintenant… Elle creusa les reins pour mieux sentir son désir, puis à son tour colla ses seins gonflés contre le torse d'acier. Le frottement des pointes durcies amplifia encore l'urgence qui avait pris possession de son corps.

Sans séparer leurs lèvres, qui ne voulaient plus se lâcher tant ils avaient faim l'un de l'autre, il la souleva soudain dans ses bras, la déposa sur le grand lit tout proche et acheva de se dévêtir en un tournemain. Puis il s'agenouilla près d'elle et se mit en devoir de la libérer à son tour de son carcan de soie. Elle leva obligeamment les bras au-dessus de la tête sur les oreillers, offrant son corps au regard de Leandros, lequel fit glisser les bretelles sur ses épaules, puis l'invita à se retourner pour abaisser la fermeture Éclair dans son dos et délivrer son corps de l'enveloppe de soie.

Elle l'entendit gronder tout bas à la vue de ce qu'il avait

découvert pour son plaisir, son désir. Car c'était bien ce plaisir-là qu'il cherchait, en témoignaient ses yeux assombris luisant de convoitise, sa bouche affamée sur la sienne, les mains pétrissant ses seins et lui procurant un plaisir d'une intensité dont elle n'avait jamais soupçonné l'existence.

Puis sa bouche dériva vers les tétons dressés, lapa et caressa, taquine, délicieuse, suscitant de petites volutes de plaisir qui arrachèrent à Eliana des gémissements de bonheur. Les mains de Leandros voyageaient sur son corps, ses flancs, glissaient sous ses hanches pour les soulever, sans que jamais ses lèvres délaissent sa peau.

Elle poussa un petit cri de stupeur éblouie. Ce plaisir incroyable qui se déployait partout en elle ! Ses mains se crispèrent sur les épaules de Leandros pour le maintenir en place comme il s'attardait sur le point le plus sensible. Elle sentit ses jambes s'ouvrir, ses cuisses se détendre, comme si son corps bougeait de sa propre initiative, pressé par un appétit d'ogre. Impossible de résister. Elle ne put qu'épouser le mouvement et s'abandonner, désarmée et heureuse de l'être, au plaisir inouï qu'il éveillait chez elle. Et qui s'intensifia encore, tel un grand feu se répandant sur une forêt de petit bois sec. Son corps tout entier était en flammes et se tordait pour mieux s'offrir au délice.

Elle sentit une onde bienheureuse approcher à toute vitesse. C'était étourdissant, presque insupportable, c'était comme de toucher aux limites de son être. De très loin elle s'entendit crier, implorer. Ses doigts agrippèrent les épaules noueuses de Leandros – la marée la soulevait déjà. Un flot puissant, inarrêtable, et qu'elle n'avait aucune envie d'arrêter, montait, montait... Bientôt, il allait l'engloutir, elle n'y échapperait pas, à moins que... À moins que...

Brusquement, la bouche de Leandros quitta son corps sans crier gare. Un cri de détresse lui échappa, mais il s'installait maintenant sur elle, entre ses cuisses, le sexe tendu. Eliana prit conscience alors que tout ce qui s'était passé jusque-là n'était qu'un prélude pour la préparer, l'exciter, l'amener au même point de non-retour que lui.

L'urgence qui le tenaillait était aussi la sienne. La faim qu'il éprouvait pour elle était aussi celle qu'elle éprouvait pour lui. Une faim de loup. Une envie de toujours davantage, et plus encore... Elle noua les mains autour de son dos pour le seul plaisir de le retenir contre elle, de se laisser envahir et de ne faire qu'un avec lui. Sa vision se troubla. Perdue dans cette fringale qui l'emportait telle une tornade, elle cambra les reins. Elle voulait ceci, de toutes ses forces... Qu'il la possède, maintenant, oh ! *Maintenant.*

Il saisit ses hanches et se positionna à l'orée de son sexe, les yeux brûlant de désir.

— À présent je te fais mienne, grommela-t-il. *Mienne.*

Là-dessus il s'invita en elle d'une poussée, jusqu'à la garde.

La douleur la prit complètement au dépourvu. Elle poussa un cri malgré elle...

Leandros se figea. Il baissa les yeux sur le visage décomposé d'Eliana, prenant peu à peu conscience de ce que ses mains calées sur son torse le repoussaient loin d'elle.

Lentement, comme au ralenti, il se retira, le cœur battant, le souffle court, la conscience en chute libre.

À peine libérée elle roula sur le côté en position fœtale. Leandros s'accroupit, les yeux sur son visage enfoui sous la masse de ses cheveux.

— Eliana, *Christos* ! Qu'est-ce qui se passe ?

Frappé de consternation, il ne comprenait plus rien, tant le contraste était violent entre le désir qui l'aveuglait une poignée de secondes plus tôt encore et la confusion qui régnait maintenant.

Eliana ne répondit pas et se recroquevilla un peu plus, les genoux sous le menton. D'une main tremblante, Leandros dégagea quelques mèches folles de son visage.

— Bon sang ! Je ne voulais pas te faire mal...

Que s'était-il passé, nom d'un chien ? Elle était en feu tout à l'heure, comme lui…

Son corps s'était littéralement embrasé dès qu'il l'avait vue entrer dans cette chambre alors qu'il la croyait déjà couchée dans la sienne. Une satisfaction profonde l'avait envahi devant la résolution qui animait son corps dans toute sa gloire, enchâssé dans cette robe de reine, son déhanché sensuel, sa poitrine qui se devinait dans le creux du décolleté et ses cheveux lâchés sur ses épaules…

Sans un mot, elle était venue à lui, l'avait embrassé. Ses lèvres pulpeuses… Du velours… Elle avait noué les mains autour de son cou. Et ce geste avait libéré en lui tout ce qui aspirait à l'être. Sa réaction avait été immédiate, intense, dévorante. Il avait été incapable de résister. Et pourquoi se serait-il retenu ? La victime prête au sacrifice de la veille s'était muée en une créature exquise, voluptueuse, désirante et désirée.

C'est tout ce que je voulais.

Alors il avait pris ce qu'elle était venue lui offrir de son propre chef et avec une envie indéniable. Chaque baiser, chaque murmure de plaisir dans sa gorge, chaque sursaut de ses reins était une invitation à poursuivre et prendre tout ce qu'il mourait d'envie de prendre, jusqu'à…

Ses idées s'embrouillèrent. C'était incompréhensible. Il devait faire quelque chose, mais quoi ? Il se détacha d'Eliana et son regard tomba sur le drap.

Il se pétrifia une seconde fois.

Lentement, très lentement, Eliana refit surface. La douleur refluait et toutes les autres sensations qui submergeaient tout à l'heure sa chair incandescente revenaient en force. Elle frissonna.

Leandros remonta la couette sur elle et lui saisit l'épaule d'une main douce mais ferme pour la tourner vers lui.

Il était là, juste à côté d'elle. Hissé sur un coude, il écarta de son visage, d'un geste précautionneux, une mèche égarée et la contempla un moment.

— Tu vas devoir m'expliquer, je crois, murmura-t-il.

Leandros n'en revenait pas. Pourtant les preuves étaient là. Son cri de douleur lorsqu'il l'avait pénétrée, et puis... *Thee mou !* cette tache de sang...

Ce n'est pas possible. Pas possible !

Le visage d'Eliana s'était détendu, mais sa pâleur témoignait du choc qu'elle venait de vivre. Ses yeux immenses, écarquillés, évitaient les siens, seulement il lui fallait des réponses. Tout de suite.

— Tu as été mariée pendant six ans, Eliana. Six ans ! Comment aurais-je pu penser...

Des mots se formaient dans sa tête, silencieux mais véhéments. Quel genre de mariage avait-elle connu au juste pendant tout ce temps ? Clairement pas celui qu'il voyait dans ses cauchemars, en tout cas. Pas celui que *tout le monde* imaginait.

D'autres présomptions de sa part venaient aussi de partir en fumée. Elle n'avait pas donné d'enfants à Damian... Par choix ? Pour éviter une grossesse à risque ? Ou étaient-ils stériles l'un et l'autre ? Ou alors... ils n'avaient jamais consommé leur mariage.

Mais *pourquoi* ?

Il baissa les yeux sur Eliana. Et, tout à coup, l'explication lui apparut, la seule plausible, évidente, sûre et certaine.

— Damian était gay, dit-il.

Quelque part au fond de lui l'émotion montait, toquant à la porte de sa conscience, cherchant à s'imposer, mais le moment était mal choisi.

Eliana détourna le regard sans répondre. Il comprit qu'il avait vu juste. Voilà donc pourquoi, après six ans de mariage, elle était toujours vierge... quelques minutes plus tôt encore.

La culpabilité l'assaillit d'un coup. S'il avait su, s'il avait eu le moindre soupçon, jamais il n'aurait...

— Eliana, je suis désolé, je n'aurais jamais imaginé... Comment aurais-je pu ? Si seulement tu m'avais dit... Seigneur ! J'aurais été...

— Je ne savais pas que ce serait douloureux, dit-elle d'une voix sourde. Moi aussi, je suis désolée. Je... je t'ai causé un choc...

Elle se mit à trembler. Alors il la prit dans ses bras et la tint contre lui avec autant de soin que si elle était de la porcelaine la plus rare. Son propre cœur avait ralenti sa course, la passion s'était éteinte avant même de flamber, mais cela n'avait pas d'importance. Le principal, c'était de l'envelopper de douceur pour se faire pardonner cet incident.

— Est-ce qu'un bain chaud te ferait du bien, tu crois ? s'entendit-il demander.

— Oui, bonne idée, répondit-elle tout bas.

Leandros glissa au bas du lit, rafla le peignoir accroché à la porte de la salle de bains et l'enfila avant d'aller ouvrir à fond les robinets de la baignoire. Pas trop chaud, juste tiède. Avec des sels de bain, peut-être ? Oui, voilà, le parfum serait agréable. Quoi d'autre ?

La porter jusque-là.

Il retourna dans la chambre. Elle était toujours pelotonnée sous la couette.

— Ton bain est prêt, annonça-t-il.

Sans lui demander son avis, il retroussa la couette et la souleva dans ses bras. Légère comme une plume... Il la sentit terriblement vulnérable, nue comme elle l'était. Par respect, il évita de la regarder en la déposant sur ses pieds, à côté de la baignoire pleine qui sentait merveilleusement bon.

— Je... je vais te laisser maintenant, bredouilla-t-il. Il y a un bonnet de douche juste là, si tu ne veux pas te mouiller les cheveux.

Là-dessus il sortit et referma la porte derrière lui pour lui offrir un moment de paix et d'intimité. Ses pensées fusaient dans tous les sens. Les pièces du puzzle qu'il pensait bien rangées se réorganisaient dans sa tête. Assemblées autrement, elles trouveraient peut-être un sens…

À sa connaissance aucun ragot n'avait circulé sur l'orientation sexuelle de Damian Makris, mais avec un père aussi dominateur… Leandros se rembrunit. Être gay n'était pas facile à affirmer librement face à Jonas Makris.

Était-elle au courant avant de l'épouser ?

Cette question-là lui brûlait les lèvres maintenant. Car dans cette hypothèse…

Elle ne m'a pas quitté pour un autre homme. Du moins, pas dans le sens qui m'a brisé le cœur sur le moment.

Il serra les dents. Si la femme qu'il aimait était partie contracter un mariage de pure forme, cela ne l'exonérait pas pour autant de sa décision d'épouser Damian pour son argent.

Parce qu'elle croyait que je serais déshérité, et qu'elle ne se sentait pas capable d'affronter un déclassement social.

Eliana avait ainsi montré sa vraie nature. C'était tout ce qu'il devait garder en mémoire à son sujet…

Cependant, même avec la fortune des Makris pour lui offrir un train de vie luxueux, ce mariage ne pouvait pas l'avoir rendue heureuse, surtout avec un beau-père la tenant pour responsable de l'absence de petits-enfants alors que la situation était imputable à son fils à lui.

Damian l'avait-il laissée supporter le blâme, reprendre à son compte la déception de son père ? Si bien qu'après sa mort le vieux Jonas l'avait exclue de la famille, sans un sou en poche ?

Leandros fronça les sourcils. Si elle n'avait pas été rejetée de la sorte… serait-elle ici avec lui aujourd'hui ?

La question s'installa dans sa tête, exigeant une réponse qui lui échappait complètement.

La veille elle était venue jusqu'à lui en victime promise au sacrifice et il s'était senti coupable de ce qu'il lui demandait, mais ce soir… Leandros tourna un regard égaré vers la porte close de la salle de bains. Ce soir, Eliana était une femme différente.

En pleine confusion, il s'affaira à rajuster la couette et redresser les oreillers. La petite tache révélatrice capta de nouveau son regard. À défaut de pouvoir changer ce drap, il remonta la couette et la lissa du plat de la main. Ils dormiraient par-dessus et il irait de ce pas chercher l'autre couette, celle d'Eliana, pour…

Il s'immobilisa. Souhaiterait-elle qu'ils finissent la nuit ensemble ? Voyons… Lui en avait envie, c'était pour cela qu'il l'avait amenée à Paris, et pas pour qu'elle dorme seule loin de lui. Plus maintenant…

Surtout maintenant.

Il traversa le salon au pas de charge, pénétra dans l'autre chambre, retira la couette puis, sur une impulsion, saisit la chemise de nuit d'Eliana dans la foulée, une pièce toute simple en coton, d'une marque populaire, comme l'indiquait l'étiquette. Si la porter cette nuit pouvait lui apporter un peu de réconfort, ma foi, c'était compréhensible.

Il balaya la chambre du regard. De quoi d'autre pourrait-elle avoir besoin ? Avisant un tube de crème pour le visage sur la table de chevet, il le prit aussi avant de regagner sa propre chambre. Il étendit la couette par-dessus la sienne, posa la chemise de nuit sur l'oreiller et le tube de crème sur le chevet.

Une autre pensée lui vint. Du lait chaud ! Parfait après un bon bain, non ?

Il passa aussitôt dans la cuisine, se prépara du café et fit chauffer du lait pour elle, l'adoucit avec deux cuillerées de miel, ajouta sur le plateau quelques biscuits aux amandes et emporta le tout près du lit.

Lorsqu'il entendit la baignoire se vider, il alla frapper doucement à la porte de la salle de bains, la chemise de nuit d'Eliana à la main.

Elle entrouvrit le battant. Son visage était plus détendu, encadré de boucles humides. Elle semblait toute jeune.

Telle que dans mon souvenir.

— Comment te sens-tu ? demanda-t-il en lui tendant la chemise de nuit.

— Mieux, merci. Le bain était une bonne idée.

— J'ai pensé que tu aimerais un peu de lait chaud au miel, lui dit-il lorsqu'elle émergea de la salle de bains.

— C'est gentil. Merci.

Il rabattit la couette de son côté du lit. Comme elle allait s'allonger, Leandros prit conscience qu'il était encore nu sous son peignoir. Il rafla son short de nuit sous l'oreiller, l'enfila rapidement, ajouta un T-shirt prélevé dans la commode. Une fois en tenue décente, il retira son peignoir et se glissa dans le lit près d'Eliana.

Elle avait déjà bu un peu de lait et grignotait un biscuit aux amandes. Il prit sa tasse de café, dans laquelle il avait ajouté un peu du lait réchauffé pour elle, et s'appropria deux biscuits.

— Gare aux miettes, dit-il d'un ton léger. C'est l'enfer de dormir dessus.

Elle sourit.

— Merci, Leandros. Pour le lait, le bain et pour… ta compréhension…

Il tendit la main sans mot dire et la posa sur la sienne, tout en douceur, juste pour…

Pour quoi donc ? Tout avait changé, mais en quel sens, et dans quelle mesure, il l'ignorait encore. Une seule certitude l'habitait – être assis là tranquillement avec elle, côte à côte dans le lit, au milieu de la nuit dans la lumière tamisée des lampes de chevet, sans parler, et partager simplement ce moment en sirotant une boisson chaude, c'était sacrément bon.

Et pour le moment cela suffisait.

9

Eliana était en train de rêver. C'était le rêve le plus doux de sa vie. Elle avait chaud, elle se sentait en sécurité, nichée sous un bras protecteur, le dos scellé à un autre corps comme si c'était la seule place au monde pour elle en cet instant... la seule aussi où elle voulait être, depuis toujours. Elle se sentit sourire dans son rêve. Un sourire heureux, comblé.

Un soupir de bien-être s'échappa de ses lèvres. Elle se blottit plus douillettement contre le grand corps tout chaud qui l'enveloppait pour la protéger des embûches de l'existence... des chagrins, des sacrifices... des deuils et des cœurs brisés... de tous les remords.

Le rêve se prolongeait, encore et encore, et c'était le plus délicieux, le plus beau des rêves...

La lumière filtrant à travers les lourds rideaux tirés devant les fenêtres ramenait Leandros à la conscience en douceur. Seulement il n'avait aucune envie de se réveiller. Il était bien comme il était, où il était. Très bien, même. Un bras autour d'Eliana, leurs deux corps emboîtés l'un dans l'autre. Un vrai délice.

Il traîna un moment entre veille et sommeil, mais insensiblement la réalité gagnait du terrain. L'éclat du jour taquinait ses paupières, qu'il finit par ouvrir à regret. La première chose qu'il vit fut la crinière d'or pâle étalée sur l'oreiller, découvrant la nuque tendre d'Eliana. Incapable de résister, il déposa là, du bout des lèvres, un baiser presque aérien.

Les jambes d'Eliana s'étirèrent langoureusement, sa respiration changea de manière imperceptible. Leandros se figea, tout à fait réveillé. La mémoire lui revint d'un coup, avec le souvenir des événements de la soirée.

Il hésita, se détacha d'Eliana et s'assit un moment au bord du lit pour tenter de s'éclaircir les idées. Puis soudain, avec une détermination qui le surprit lui-même, il se leva et alla ouvrir les rideaux.

La lumière douce d'un soleil automnal inonda la chambre. Les toits de Paris s'étiraient jusqu'à l'horizon. Toute la ville s'étendait là sous ses yeux, séduisante, envoûtante. Il sourit. La journée s'annonçait belle.

Il gagna le salon sur la pointe des pieds et commanda par téléphone le petit déjeuner. Puis il revint dans la chambre débarrasser le plateau de leur collation nocturne sans déranger Eliana. Le temps de laver la vaisselle, le petit déjeuner était arrivé et l'arôme du café frais voltigeait dans l'air, se mêlant au parfum des petits pains et des viennoiseries à peine sortis du four et des oranges fraîchement pressées. Leandros remercia le majordome et poussa lui-même le chariot jusque dans la chambre.

Il s'arrêta près du lit et lança en souriant :

— Madame, le petit déjeuner est servi !

Au ton chaleureux de sa voix, il constata que son humeur était la plus joyeuse qu'il ait connue depuis longtemps, et qu'elle le resterait au moins pendant ce petit déjeuner qu'il allait déguster au côté d'Eliana.

Elle s'étira et se redressa contre les oreillers, l'air vaguement embarrassé. Sans doute affrontait-elle à son tour les souvenirs cuisants de la veille et ne savait comment aborder la matinée.

Leandros lui facilita la tâche.

— Avant toute chose, savourons tranquillement ce petit déjeuner, d'accord ?

Ces mots en cachaient d'autres, qui attendraient un peu avant d'être formulés à voix haute. Il ne savait même pas lesquels au juste s'imposeraient. Aussi choisit-il sagement de s'en tenir aux plus simples.

— C'est une jolie matinée qui s'annonce. Prenons donc simplement les choses comme elles viennent.

Eliana lui rendit son sourire. Son expression avait changé. Elle semblait soudain... intimidée.

Comme si elle ne s'attendait pas à se trouver dans mon lit au réveil.

Oh ! Il y avait tant de choses à son sujet qui l'avaient pris de court lui aussi...

Il s'interdit aussitôt de suivre ce chemin-là. Pas ce matin... Pas aujourd'hui. Il empila les oreillers derrière ses épaules et tira le chariot du petit déjeuner contre son côté du lit.

— Une orange pressée pour commencer ? proposa-t-il.

— Avec plaisir.

Il fit mine de ne pas remarquer sa gêne. Il voulait juste qu'elle se réjouisse d'être là avec lui en ce matin prometteur, avec tout Paris qui leur ouvrait les bras.

En prenant le verre qu'il lui tendait, elle se garda d'effleurer ses doigts.

Il se demanda soudain si elle aurait montré la même timidité au lendemain de leur première nuit ensemble, pendant leur voyage de noces...

Mais nous venons de la vivre, cette première nuit ensemble !

Cette pensée tourna un moment dans sa tête, mais pas question de l'affronter maintenant alors qu'il avait résolu, comme il venait de le dire à Eliana, de prendre ce jour comme il venait. Et pour le moment il venait avec un petit déjeuner au lit, à consommer pour le bonheur des papilles, en toute tranquillité.

En toute *complicité*.

Voilà, songea-t-il en s'adossant à ses oreillers, son propre verre de jus d'orange dans la main. Il la laisserait en paix, pour qu'elle s'habitue à être ici, comme cela, avec lui.

Il lui demanda ensuite ce qu'elle aimerait manger et lui prépara un plateau garni de croissants, de noisettes de beurre, de confiture d'abricots et d'une tasse de café accompagnée d'un petit pot de lait chaud. Elle plaça le tout sur sa table de chevet.

De son côté, il se mit en devoir d'attaquer son propre festin, petit pain, beurre et confiture de cassis. Il avait tellement faim qu'il doubla la mise aussitôt le premier petit pain terminé.

À côté de lui, Eliana dévorait son croissant.

— Les Français n'ont pas leur pareil pour le petit déjeuner au lit ! s'écria-t-il en prenant un troisième petit pain. Cela dit, pour une expérience vraiment roborative, ma préférence ira toujours au petit déjeuner à l'anglaise. Œufs au bacon, harengs fumés, rognons d'agneau épicés sur pain beurré... La totale !

Il coula un regard vers sa compagne, qui semblait plus à l'aise maintenant.

Nous repartons sur de nouvelles bases.

Il joua avec cette idée avec la même légèreté d'esprit qui lui était venue lorsqu'il avait quitté le lit et accueilli ce nouveau jour, ce nouveau départ...

Le passé n'avait pas disparu bien sûr, mais la nuit dernière avait changé la donne. Jusqu'à quel point, c'était encore difficile à discerner. Il y réfléchirait plus tard. Pour le moment, l'essentiel était de cueillir le jour comme il venait, se répéta-t-il avec conviction. C'était parfait ainsi.

Eliana se renversa contre le dossier de son siège capitonné, sur le pont du bateau de croisière qui glissait sur la Seine vers Giverny et les célèbres jardins de Monet. Le soleil était chaud, la caresse sur son visage de la légère brise montant du fleuve tandis que le bateau cheminait lentement vers l'ouest était appréciable.

De l'extérieur, la journée ressemblait beaucoup à la précédente, ils partaient en excursion touristique. La sensation cependant était très différente...

Et ce n'était pas seulement dû à la révélation de la veille, portée par la mélodie envoûtante de Puccini jusque dans son cœur muré dans le déni, sur sa motivation réelle pour accepter ce séjour à Paris. Cette révélation l'avait transformée, c'était indéniable, elle le savait et l'acceptait, mais... ce n'était pas seulement elle qui avait changé.

La nuit venue, lorsqu'elle avait lâché la bride à son désir avec une impudeur assumée, se découvrant une sensualité insoupçonnée, la découverte de sa virginité avait secoué Leandros.

Elle se mordit la lèvre, encore troublée par les événements. Elle ne pensait pas qu'il le remarquerait. Elle ne se rendait pas compte...

Son mariage avec Damian et les restrictions qui allaient avec n'étaient rien au regard de la vérité qui lui était apparue dans sa loge du palais Garnier, devant ces amants maudits condamnés par leurs décisions aux pires tourments, jusqu'à la mort. L'amour toutefois avait survécu...

Il en va de même pour moi.

Les sentiments qu'elle avait éprouvés pour Leandros six ans plus tôt étaient enfouis tout au fond d'elle sous la culpabilité, elle les croyait morts, et cependant, en dépit de la décision fatale qu'elle avait prise naguère de le rejeter, ils avaient survécu.

Elle jeta un regard à Leandros qui se tenait accoudé au bastingage non loin de là et regardait le paysage défiler à mesure que Paris cédait la place à la campagne normande. C'était agréable de le voir aussi détendu. Son instinct lui soufflait qu'il avait été content d'apprendre que son mariage avec Damian n'avait pas été consommé. Le sentiment de rejet qu'il avait éprouvé lorsqu'elle l'avait quitté s'en trouvait sûrement atténué.

S'imaginait-il que c'était bien fait pour elle ? Qu'elle avait mérité ce simulacre de mariage, après lui en avoir préféré un autre ?

Non, à vrai dire, rien ne laissait penser cela…

La brise ébouriffait ses cheveux, les manches retroussées de son pull dévoilaient ses avant-bras musclés et bronzés. Cette vue la rasséréna. Son comportement avec elle aussi était une source de réconfort. Il avait changé du tout au tout depuis qu'elle avait émergé de ce rêve incroyable, le plus doux du monde. Un rêve devenu tout à coup réalité au réveil. Leandros l'avait réellement tenue contre lui toute la nuit…

L'émotion lui noua la gorge – mêlée d'un soupçon de tristesse à l'idée de la vie qu'elle aurait pu avoir. Et, si la soirée de la veille et la nuit qui avait suivi avaient changé la donne entre eux, cela ne suffirait jamais à réparer tout ce qui avait mal tourné.

Qu'à cela ne tienne, ces moments de paix en sa compagnie, qu'elle n'aurait jamais crus possibles, c'était déjà beaucoup.

— On comprend mieux pourquoi Monet aimait ses jardins au point de les immortaliser dans de si nombreux tableaux, commenta Leandros.

Après la visite de la maison de Monet et des jardins, il s'était réfugié avec Eliana dans un restaurant proche pour un déjeuner tardif. Il y avait du monde en terrasse, sous la tonnelle tapissée de vigne. La journée était assez chaude pour s'attabler dehors, même s'il se félicitait d'avoir emporté un petit pull. Eliana portait un haut à manches courtes sous un petit boléro avec une jupe évasée, le tout provenant de la garde-robe qu'il lui avait fournie la veille.

Ses yeux s'attardèrent sur sa compagne. Rien à voir avec le regard critique qu'il posait sur elle la veille encore et sa courtoisie de pure forme, destinée à masquer le duel intérieur que se livraient sa rancune et son désir fou de posséder la beauté qui le tourmentait. Aujourd'hui, c'était moins la beauté d'Eliana que son expression qui le préoccupait. Il tenait à la déchiffrer pour se rassurer.

— C'était un bel endroit pour vivre, dit-elle, songeuse. Il y a toujours beaucoup de paix à trouver dans un jardin.

— Celui de la villa de ton père était magnifique, si ma mémoire est bonne.

— Oui, c'était toujours une source de réconfort pour lui. La maison aussi. L'un et l'autre étaient chers à son cœur. J'étais heureuse que...

Elle se tut et s'affaira avec la découpe de son petit pain en attendant l'arrivée des plats qu'ils avaient commandés.

— Heureuse que... ?

Elle releva les yeux.

— Heureuse qu'il ait pu vivre ses derniers jours là-bas.

— Tu étais avec lui ?

— Oui. Jonas m'a accordé cela. Après son infarctus, mon père a... tenu deux mois. Je suis restée avec lui jusqu'au bout.

La tristesse s'était peinte sur son visage et Leandros se troubla malgré lui.

— Je... j'ai entendu dire que la villa ira au cousin de Damian ?

— Oui. Vassily va la récupérer, à moins que Jonas ne la vende ou la rase pour la remplacer par un bâtiment plus moderne qu'il vendra ensuite avec un meilleur profit. C'est son domaine d'activité après tout, la construction. Il lui doit sa fortune.

— Ou la destruction, répliqua Leandros. Je n'y suis allé qu'une fois, mais d'après moi la propriété mérite de rester en l'état, quel que soit le propriétaire.

Le futur beau-père avait négocié dur, au moment du mariage, songea Leandros. Mais cela lui donnait ce qu'elle voulait. Elle menait la grande vie avec Damian.

Une vie chaste, certes... et sans enfants.

— N'as-tu jamais songé à donner à Jonas le petit-enfant qu'il voulait à tout prix ? En passant par une FIV ou autre ?

Elle secoua la tête.

— Damian ne voulait pas cela.

— Et toi ? Tu ne le voulais pas non plus ? Un enfant t'aurait assuré une place à vie dans la famille de Jonas. Tu n'aurais pas été réduite à une vie de misère…

Eliana ne répondit pas. Le serveur arrivait avec leurs plats, qu'il déposa devant eux avant de repartir. Leandros se garda d'insister. À quoi bon s'appesantir sur le mariage d'Eliana, au risque de gâcher cette belle journée de paix et de complicité ?

Complicité. Ce mot avait resurgi dans sa tête comme ce matin-là au petit déjeuner, et encore pendant leur croisière tranquille sur la Seine, qui les emmenait vers les nénuphars féeriques de Monet, loin des soucis de la vie passée ou présente.

Il savoura son steak frites, plat simple et typiquement français qu'il accompagna d'un vin en carafe robuste qui se laissait boire. Eliana, elle, avait pris du poisson, rien de sophistiqué, des filets grillés au four, servis avec des pommes de terre Parmentier et des haricots verts.

— Le jardin d'eau est extraordinaire bien sûr, reprit-il, avec le célèbre pont japonais et les non moins célèbres nymphéas, mais je trouve dommage qu'il soit si loin de la maison. J'ai été déçu de devoir emprunter ce tunnel.

— Je suis d'accord. Une maison avec des jardins tout autour, ce serait plus cohérent. Mais Monet a dû acheter à un voisin le terrain de ce qui est devenu par la suite le jardin d'eau. Cela limitait les possibilités, je suppose.

— Quel genre de maison te plairait, à toi, dans l'idéal ?

Il regretta aussitôt sa question. Elle allait lui répondre que c'était la villa de son père, à jamais perdue…

… à moins que son prochain mari ne la récupère pour elle.

Son prochain mari ?

Il l'avait raillée sur sa quête d'un nouvel époux assez fortuné pour lui assurer un avenir à l'abri de la pauvreté qu'elle redoutait plus que tout. Puis soudoyée pour qu'elle l'accompagne à Paris en s'engageant à l'équiper d'une garde-robe propre à piéger un riche mari, ou même simplement un riche amant, afin de pouvoir tourner la page dès qu'il en aurait fini avec elle...

Son visage se crispa. Avait-il réellement pensé cela ? Dit cela ? Tous ces sarcasmes à son égard... jusqu'à l'assimiler hier à Manon trahissant son amant pauvre au profit d'un riche protecteur...

Non ! Pas question de reprendre cette direction-là. Pas maintenant. Pas aujourd'hui !

La donne avait changé entre eux, mais tout était encore flou et il ne voulait pas creuser le sujet pour le moment, alors qu'il était tranquillement attablé avec elle dans ce restaurant tout simple, en toute complicité, pour un déjeuner sans façon après une promenade dans les jardins de Monet et avec un long après-midi de liberté devant eux.

Cueille le jour comme il vient, c'est tout.

Eliana, repue, posa fourchette et couteau sur son assiette et tendit la main vers son verre de vin. Le soleil perçant à travers le treillage éclaboussait son visage d'une lumière joueuse. Elle se sentait d'humeur étrange mais plutôt sereine en dépit des questions que lui posait Leandros. Elle y répondait volontiers du reste, seule la dernière l'avait contrainte à dévier le sujet de la conversation.

Quel intérêt pour lui, de toute façon ?

Sa curiosité était prévisible après les événements de la soirée. Mais les réponses qu'elle lui offrait importaient peu, car aucune d'elles ne pouvait justifier le mal qu'elle lui avait fait. Voilà la vérité qu'elle se devait d'affronter.

Comme celle qu'elle avait découverte la veille à l'Opéra.

Son regard s'adoucit en se posant sur Leandros et l'émotion afflua dans ses veines, puissante, incoercible. Rien d'autre ne comptait pour elle aujourd'hui, dans ce temps qui lui était imparti.

Ce temps ne durerait pas, puisque Leandros comptait se purger du passé en prenant ce qu'elle lui avait refusé naguère.

Et je le lui donnerai – librement, de mon plein gré. Car c'est à lui, même si c'est tout ce qu'il veut de moi.

La nuit dernière avait simplement... retardé l'inéluctable. Ce soir, elle serait une autre femme. Une femme comblée.

C'est ce qu'il veut, et c'est aussi ce que je veux lui donner.

Elle sentit cette émotion toute précieuse l'emplir, la réchauffer, la réconforter. Elle en payerait le prix, comme six ans plus tôt, mais pour le moment, pour *ce* moment, ce serait son cadeau à Leandros. Et aussi un cadeau qu'elle se ferait à elle-même, elle le savait désormais, avec la certitude qui l'habitait depuis qu'elle savait pourquoi en vérité elle l'avait accompagné à Paris.

— Si nous dînions dans la suite ce soir ?

Leandros émit cette suggestion non sans hésitation sur le trajet du retour à l'hôtel. Eliana préférait peut-être sortir ? Dans ce cas, il suivrait. Avec cette même délicatesse dont il l'avait entourée toute la journée, parce que... Parce que.

Cueille le jour comme il vient.

Et le jour avait été délicieux. La croisière sur la Seine, la promenade dans les jardins de Monet, un déjeuner paisible, quelques pas dans le village de Giverny, puis le retour en bateau pour remonter tranquillement le fleuve vers Paris en admirant ses rives, rendues aussi célèbres que les nymphéas de Monet par un autre peintre, Seurat, avec ses jeunes baigneurs et ses bourgeois en goguette sur l'île de la Jatte immortalisée dans son style pointilliste caractéristique.

Ils en avaient discuté et même débattu avec bonhomie, Eliana avouant une préférence pour la beauté des toiles de Monet, lui, pour le génie technique de Seurat.

Ils acceptaient tout le temps leurs différences, à l'époque. En dépit de son éducation très protégée, ou peut-être à cause d'elle,

Eliana se faisait un plaisir de le contredire, à rebours des autres femmes qu'il côtoyait.

Je l'ai traitée d'ingénue couvée par un papa poule. Mais, moi, n'étais-je pas pourri gâté par mon physique et ma fortune ? Sûr de pouvoir tout avoir, que cela m'était dû ?

Cette arrogance avait sûrement accentué la violence du choc lorsque Eliana l'avait rejeté. En outre...

Il savait que son père bluffait en prétendant vouloir le déshériter s'ils se mariaient. Elle était censée prouver son amour en m'épousant tout de même. Il se serait dédit ensuite, bien entendu. Il aurait même renfloué son père... mais Eliana, elle, l'ignorait. L'épouser, à ses yeux, c'était dire adieu à son niveau de vie, qu'elle ne s'imaginait pas perdre une fois son père ruiné. Alors elle avait choisi Damian à sa place. Et, à la mort de son père, elle avait vu la propriété passer entre les mains de son beau-père, puis s'était retrouvée face à l'indigence que son mariage était censé lui épargner.

La boucle était bouclée. Le karma ? se demanda-t-il.

Ce que nous fuyons nous rattrape toujours...

Les portes de l'ascenseur coulissèrent devant eux, le ramenant au présent et à la quiétude du jour.

— Ce serait bien, dit Eliana à leur arrivée dans la suite. De manger ici.

— Parfait. Que dirais-tu d'un café, là tout de suite ?

— Plutôt un thé pour moi. Je me charge de préparer tout cela. Inutile de déranger le majordome pour si peu, dit-elle en se dirigeant vers la cuisine.

Il lui emboîta le pas. Un plateau de pâtisseries fraîches avait été déposé sur la table à leur intention. Tout avait l'air délicieux et le déjeuner était déjà loin... Il préleva une cerise rebondie couronnant un petit gâteau et s'aperçut qu'Eliana le fixait d'un drôle d'air, la bouilloire à la main.

— Tu enlevais toujours les noix des baklavas, dit-elle. Même minuscules et couvertes de sirop.

Il avait oublié.

— C'est vrai… Et toi tu trempais ta serviette dans l'eau de ton verre pour que j'essuie mes doigts tout collants avec !

Il y avait si longtemps. Un geste si anodin… Un souvenir si léger…

Et pourtant.

Allons ! C'était avec le présent qu'il bataillait… et un problème en particulier.

— Je me demandais si… tu aimerais reprendre un bain ?

Eliana le regarda d'un air ahuri. Il s'affaira avec la machine à café et les diverses dosettes parmi lesquelles il fallait choisir.

— Après ce qui s'est passé hier… Si jamais, enfin, si…

Il inspira à fond et releva les yeux pour la regarder bien en face. Le moment était venu de dire ce qu'il avait à dire. Il le fallait.

— La nuit dernière a changé la donne, Eliana, alors je veux que tu saches… que je n'attends plus rien désormais.

Il ignorait d'où lui était venue cette idée. Il savait seulement qu'il avait besoin de l'exprimer. C'était le sens de la journée qu'ils venaient de vivre, en fin de compte. Séparer le passé de ce qui venait de voir le jour.

Elle le contemplait toujours sans bouger ni souffler mot.

— Alors, poursuivit-il, continuons à prendre simplement les choses comme elles viennent, d'accord ? Soyons… deux touristes visitant Paris. Sinon je peux aussi te ramener à Thessalonique, si tu préfères, ajouta-t-il un ton plus bas en retenant son souffle. Les emplettes d'hier, ces tenues… Tu les emporteras avec toi, cela va sans dire. Enfin bon, pour ce soir tout au moins, comme convenu, détente et petit dîner au calme…

Là-dessus, il saisit le plateau de pâtisseries.

— J'emporte ça là-bas, annonça-t-il avant de s'éclipser précipitamment.

Eliana posa les tasses sur la table basse devant le canapé tout en s'efforçant d'assimiler ce qu'elle venait d'entendre. Assis tout au bout, la télécommande en main, Leandros zappait d'une chaîne d'info à l'autre pour en trouver une en anglais. Elle versa un nuage de lait dans son thé, il en fit autant dans son café, puis il poussa vers elle le petit plateau de pâtisseries.

Elle en sélectionna une particulièrement alléchante, la déposa sur une des assiettes à dessert qu'elle avait apportées à cet effet et tendit l'autre à Leandros pour qu'il se serve à son tour. Des gestes banals et intimes à la fois, comme si…

Non, il n'y avait pas de « comme si » entre eux. Ils n'étaient pas en couple, elle n'avait jamais été sa femme et ne le serait jamais.

Veut-il vraiment que je rentre à Thessalonique ? Est-ce qu'il regrette de m'avoir amenée ici ?

Son cœur se serra. Au cœur de ce tumulte où la rancœur passée se mêlait aux doutes d'aujourd'hui restait une seule certitude – elle ne voulait pas le quitter, quoi qu'il attende d'elle ici, et même si c'était voué à ne pas durer.

Car, ce temps, c'était tout ce qu'elle pourrait jamais avoir de cet homme qu'elle avait aimé et qu'elle aimait encore, elle le savait maintenant.

10

Leandros se tenait devant la fenêtre ouverte sur le petit balcon. Le crépuscule descendait peu à peu sur les toits de Paris. Il inclina la bouteille de champagne, le bouchon céda avec un « pop » très discret. Au même moment, il entendit la porte de la chambre d'Eliana s'ouvrir.

Après le goûter, elle était partie reprendre un bain. Il en avait profité pour aller se doucher et enfiler une tenue décontractée, un pull en cachemire sur une chemise dont il avait défait le col et retroussé les manches. Il avait eu le temps ensuite de contacter son bureau. Tout était en ordre, tant mieux, il n'avait pas besoin de distractions. Ce soir, il n'avait qu'une idée en tête.

Et cette idée était là maintenant, devant lui.

La voyant hésiter sur le seuil, il se composa un sourire chaleureux et lança d'un ton jovial :

— Ah, te voilà ! Comment te sens-tu ?

— J'ai barboté un bon moment. C'était un véritable luxe, dit-elle d'un ton léger. Mon studio n'a qu'une douche et l'eau est rarement chaude.

— Alors prends donc un bain tous les jours ! Champagne ? proposa-t-il en saisissant une flûte. Ou un autre gin tonic, peut-être ?

Tout en parlant il la dévorait des yeux. Elle avait enfilé une robe neuve, un drapé vert sauge élégant mais discret, parfait pour un dîner intime, et noué ses cheveux en un chignon bas et lâche sur la nuque. Nature et charmante, comme toujours, avec à peine une touche de mascara et de brillant à lèvres, songea-t-il, saisi de cette émotion nouvelle qu'il éprouvait en sa présence et qui changeait tout, sans qu'il comprenne bien pourquoi.

— Un peu de champagne, ce serait parfait.

Il remplit deux flûtes et lui en tendit une.

— Santé ! lança-t-il en français d'un ton léger.

Ce faisant, il se remémora le toast fielleux qu'il avait porté la veille à l'Opéra – *« À ma Manon ! »* –, destiné à la piquer au vif, l'humilier, lui faire mal…

Il éprouva une pointe de regret. Une mise au point s'imposait – elle le méritait.

Peut-être s'était-il montré injuste. Oh ! Pas en l'accusant de s'être mariée pour l'argent, puisque c'était bien le choix qu'elle avait fait. Néanmoins ce choix avait été chèrement payé. Se voir reprocher par son beau-père d'avoir échoué à lui donner le petit-fils attendu, alors que la faute en incombait à l'orientation sexuelle de son mari, quelle injustice ! Sans compter la condamnation à l'indigence qui avait suivi…

Le retour de bâton après son acte de déloyauté était déjà suffisamment violent sans qu'il lui inflige un châtiment supplémentaire.

Alors peut-être devrions-nous repartir de zéro, sur de nouvelles bases…

Ces mêmes mots qui lui étaient spontanément venus à l'esprit au petit matin résonnèrent ce soir encore dans sa tête. La journée avait été si belle. Plus facile, plus paisible, sans la politesse superficielle et guindée qui dominait dans leurs échanges jusque-là, lui ruminant sa rancune, elle affichant un détachement docile. Aujourd'hui un mode de relation nouveau s'était instauré entre eux. Une… *complicité,* cordiale et vivifiante.

Presque comme celle qui nous liait naguère.

— Santé ! répondit-elle en écho avant de goûter aux bulles qui pétillaient doucement dans sa flûte.

— J'ai pris la liberté de commander pour deux, j'espère que tu ne m'en voudras pas ?

Il lui expliqua le menu qu'il avait choisi, précisant qu'ils pouvaient encore le modifier si nécessaire. Elle secoua la tête.

— Tout cela me semble délicieux. Merci aussi de m'avoir emmenée à Giverny aujourd'hui.

— Inutile de me remercier, cela fait partie de...

Leandros se mordit la lèvre. Partie de quoi donc ? Du séjour qu'il lui offrait, en échange de ce qu'il obtenait en retour ? Au même titre que ses robes neuves ou cette suite luxueuse ?

Vue sous cet angle, l'affaire lui déplaisait. Ce qui n'avait aucun sens – il n'avait eu aucun scrupule à lui faire sa proposition pendant leur dîner à Thessalonique, en soulignant ce qu'il lui offrirait et ce qu'elle en retirerait en retour.

— Je sais, dit posément Eliana, mais je te remercie tout de même. Pour ce dîner, pour l'opéra, pour Giverny aujourd'hui et Notre-Dame et la Sainte-Chapelle hier...

Leandros secoua la tête.

— Ce n'est pas ce que je voulais dire. Je ne veux pas ça, ajouta-t-il après un bref silence.

Il l'avait voulu à un moment, mais l'envie lui avait passé. À présent il savait qu'il ne recherchait plus sa gratitude pour la main qu'il lui avait tendue, et encore moins l'objectif qu'il s'était fixé en l'emmenant à Paris.

Le sexe. C'est pour le sexe que je l'ai amenée ici. Je ne me suis pas gêné pour l'affirmer haut et clair...

Cette pensée le gênait bel et bien aux entournures maintenant. Son esprit se dérobait, s'évertuait à l'éviter. Et pas seulement parce que ce plan lui apparaissait brusquement un peu sordide.

Quand bien même elle avait donné son accord uniquement pour retrouver au bout du compte le chemin du luxe, pour autant une telle proposition ne se justifiait pas. Au fond, ne le rabaissait-elle pas au niveau d'Eliana, par hasard ?

Il pinça les lèvres. Pour le moment, la probabilité qu'il se rachète une conduite était faible, surtout après l'épisode de la nuit dernière. Lui faire couler des dizaines de bains apaisants n'y suffirait pas. Il l'avait blessée physiquement. Sans le vouloir bien sûr, puisqu'il n'avait même pas conscience de ce risque, mais cela ne changeait rien au résultat.

— Je penche, bredouilla-t-il, pour... euh... dormir chacun chez soi, dorénavant.

Voilà, il avait dit ce qu'il fallait. C'était bien. Seulement les mots étaient à peine sortis de sa bouche qu'un souvenir torride surgit dans sa conscience tel un petit diable bondissant pour mieux le punir.

Elle s'était arrachée à ses bras dans le lit au moment précis où les flammes de l'enfer qui le consumait, et la consumait tout autant elle aussi, allaient tout dévorer. Par la suite, il avait obstinément chassé de ses pensées les moments qui avaient précédé... et ces moments, avec leur cortège de sensations incandescentes, flamboyaient à présent dans sa tête.

Elle glissait vers moi de son pas de reine, sa crinière luxuriante défaite. Sensuelle et irrésistible, elle nouait les bras autour de mon cou, ses lèvres cherchaient les miennes...

Il avait été instantanément perdu, corps et biens. Ce n'était pas une humble victime allant au sacrifice expier ses péchés, c'était Eliana telle qu'il avait voulu l'avoir, une volonté exprimée haut et fort. Ardente, émoustillée, brûlant d'un désir aussi fiévreux que le sien.

Leandros ferma les yeux. C'était le présent qui réclamait son attention. Une répétition du drame de la veille était absolument exclue.

— Ainsi, tu seras plus à ton aise, acheva-t-il dans un murmure.

Eliana le contemplait d'un air incertain.

— Leandros, pourquoi… Pourquoi es-tu aussi prévenant à mon égard ?

— Si je ne l'étais pas dans ces circonstances, je serais une brute, répliqua-t-il. Je suis horrifié à la pensée de t'avoir fait du mal…

— Je ne parle pas seulement de faire chambre à part. Je parle de ta gentillesse aujourd'hui. Et… hier soir aussi, lorsque tu m'as préparé un lait chaud, tout ça…

— Pourquoi ne serais-je pas gentil ?

— Parce que tu me détestes.

Leandros faillit avaler de travers la goulée de champagne qu'il venait de s'octroyer.

— Je te *déteste* ? répéta-t-il d'une voix blanche.

— Oh ! Je ne t'en veux pas pour cela, je n'en ai pas le droit, mais…

Elle détourna les yeux. Il s'aperçut alors qu'elle n'était pas aussi calme qu'elle le laissait paraître.

— Même si tu sais maintenant que mon mariage n'était pas… ce que tout le monde croyait… cela ne change rien entre nous, n'est-ce pas ?

Pour toute réponse, Leandros porta de nouveau sa flûte à ses lèvres et but lentement une autre gorgée.

— Eliana… À supposer que tu aies épousé Damian en toute connaissance de cause, et franchement j'espère pour toi que tu savais dans quoi tu t'engageais, as-tu jamais regretté de l'avoir choisi, plutôt que moi ?

Il l'avait dit, enfin ! Il avait posé la question qu'il s'était interdite jusque-là…

— Non, répondit-elle d'une voix calme. Non, je ne regrette pas d'avoir épousé Damian. C'était mon choix et si c'était à refaire ce serait le même.

À ces mots Leandros sentit ses genoux ployer comme si une masse lui tombait dessus.

— Parce que si tu m'avais épousé tu aurais dû affronter la pauvreté, et tu en étais incapable…

— Oui. Je n'aurais pas pu faire face aux conséquences. Pour cette raison, je ne peux pas nourrir de regrets. C'est la seule réponse sincère que je puisse te donner, ajouta tout bas Eliana. Je suis désolée de t'avoir blessé… d'avoir tué l'amour que tu éprouvais pour moi… Et je suis contente pour toi que tu ne ressentes plus rien de tel à mon égard.

Elle se tut, les yeux sur les toits de Paris qui se découpaient dans le soleil couchant.

Cette ultime phrase, prononcée d'un ton plus sombre, résonna étrangement. C'était vrai ce que venait de dire Eliana, bien sûr. L'évidence même.

Et cependant…

Est-ce que je ne ressens vraiment rien pour elle ?

La question planait dans la conscience de Leandros, exigeant une réponse qui lui échappait.

Un moment il demeura immobile, les yeux sur le profil d'Eliana, sur ses doigts incurvés autour de la flûte de champagne. Puis, d'un geste lent, il tendit la main pour effleurer la courbe de son poignet.

— Les choses évoluent, Eliana, dit-il doucement. Elles ont déjà changé entre nous. Elles pourraient changer encore.

Il laissa retomber sa main, conscient des battements de son propre cœur dans le silence qui s'était installé entre eux. Elle ne s'était pas retournée, impossible de voir son visage, mais il vit ses doigts se crisper sur le verre. Et sa main libre vola soudain vers la plage de peau qu'il avait touchée.

Était-ce une façon de se protéger de son contact ? Ou de préserver au contraire ce contact ? Comment savoir…

Et pourquoi se soucierait-il de ce qu'elle ressentait, d'abord ?

Bonne question. Mais, de fait, c'était important pour lui ce soir. « Les choses ont déjà changé entre nous, elles peuvent encore changer », lui avait-il dit tout à l'heure.

Aspirait-il à ce changement ?

Encore une question sans réponse. Il y en avait tant ! Tout était si compliqué. Comment trouver du sens dans la confusion générale ?

Le tintement de la sonnette de l'entrée le fit tressaillir. Il alla ouvrir au majordome, qui pénétra dans la suite accompagné d'une escouade de valets.

La diversion était bienvenue. Un répit s'imposait après cet échange intense, cette incursion trop profonde dans le passé et le présent. Eliana aussi parut soulagée de prendre place à table dans leur salon tandis qu'un dîner royal leur était présenté.

Leandros avait choisi avec soin le menu, un bœuf bourguignon qui resterait au chaud dans des chauffe-plats et une tarte au citron en dessert, pour que le personnel n'ait pas besoin de s'attarder sur place.

À la seconde où tout ce petit monde s'éclipsa, il sentit toutefois le silence menacer de nouveau. Il avait voulu une journée facile et s'égarer dans des questionnements insolubles comme celui qui avait surgi tout à l'heure sans prévenir ne serait pas propice au calme et au sentiment de complicité qu'il tenait à retrouver. Aussi leva-t-il sa flûte vers sa convive.

— Bon appétit ! dit-il gaiement en français. J'espère que notre dîner sera aussi délicieux que tu le pensais.

Il saisit avec entrain sa fourchette pour rendre justice à leur entrée, une terrine de légumes joliment étagée.

— Je ne suis pas sûr de ce qu'il y a dans ces différentes couches... De la betterave ici, à en juger par la couleur ?

— Et de la courgette par là, dit Eliana sur le même ton songeur. Avec des asperges, peut-être ?

Ils poursuivirent ainsi leur exploration des couches multicolores de textures diverses. La conversation, fluide et futile juste ce qu'il fallait, atteignait son but – alléger l'atmosphère.

Leandros coula un regard vers sa compagne et se sentit fondre. Belle en toutes circonstances, et sans effort...

Il n'avait pas oublié le choc que lui avait causé cette beauté naturelle lorsqu'il la courtisait au tout début. Elle n'était pas sophistiquée pour deux sous, contrairement aux autres femmes, mais sa beauté éclatait dans son sourire, ses yeux, ses cheveux baignés de soleil… Dans son rire, et sa façon de baisser les yeux lorsqu'il la regardait, pas pour flirter ni pour le séduire, même si parfois il la surprenait en train de lui jeter un regard sous ses cils noirs… un regard gorgé de désir.

Il avait aimé cela. Aimé faire rougir ses joues satinées en l'abreuvant de compliments qu'elle absorbait telle une fleur buvant les chauds rayons du soleil.

Je croyais avoir trouvé une femme différente des autres.

Une femme dont je pouvais tomber amoureux.

Il n'en avait pas eu du tout l'intention, cela n'entrait pas dans ses projets. Eliana avait changé la donne. Avec elle dans sa vie, l'envie d'enchaîner les conquêtes l'avait quitté. Les femmes maniérées, artificielles, ne l'intéressaient plus. Eliana l'avait ravi, emporté, balayé… jusqu'au jour où elle lui avait rendu sa bague de fiançailles.

Mais aujourd'hui elle était de retour. Il l'avait laissée revenir en croyant savoir pourquoi…

En la contemplant ce soir, il sentit revenir la confusion qui l'avait envahi la nuit précédente lorsqu'il avait découvert la vérité sur son mariage.

Qu'est-ce que j'attends d'elle ?

Qu'est-ce que j'attends, tout court ?

Aucune réponse ne lui vint à l'esprit. Ou alors une seule, à laquelle il s'accrocha. Le bien-être qu'il avait ressenti toute la journée. La paix. La complicité.

Rien de plus, rien de moins.

11

L'écran suspendu au mur s'illumina une dernière fois sur le mot « FIN », et Robin des Bois et sa Marianne partant main dans la main vers leur soleil couchant.

Ils étaient tombés d'accord sur ce film de cape et d'épée hollywoodien haut en couleur, aussi familier qu'agréable à regarder, et le choix s'était révélé judicieux. Eliana étira ses jambes recroquevillées sous elle sur le canapé depuis deux heures. À côté d'elle, mais pas trop près, Leandros, ses longues jambes étendues devant lui, picorait le dernier des petits fours sur la table basse.

Il se tourna vers elle, tout sourire.

— Simplet mais amusant.

Eliana eut un petit rire.

— Tout à fait !

Son regard s'attarda sur lui un moment, puis elle saisit son verre de vin. Ils avaient dîné tranquillement et emporté le succulent vin de dessert en s'installant sur le canapé, pour finir de le boire devant la télévision. L'atmosphère qui prévalait depuis leur excursion à Giverny ne variait pas et Eliana s'en réjouissait, mais une pointe de tristesse lui grignotait le cœur par moments. En lui demandant tout à l'heure si elle referait le même choix que six ans plus tôt, Leandros espérait une réponse différente de celle qu'elle lui avait donnée.

« Les choses évoluent, Eliana. » Bien sûr, mais comment réécrire l'histoire ? Nul ne pouvait changer le passé. Ce qui était vrai hier l'était encore aujourd'hui. Comme ses sentiments à elle, qu'elle ne pouvait ni étouffer ni nier quand bien même son cœur en sortirait plus meurtri encore.

Elle devait se contenter de ce qu'elle avait ici et maintenant.

— Envie de regarder autre chose ? s'enquit Leandros.

Elle secoua la tête, posa son verre vide sur la table basse et se leva.

— C'est l'heure d'aller au lit, répondit-elle sur le même ton détaché.

Avait-elle imaginé cet éclat dans le regard de Leandros à ces mots ? Qu'importe. Chacun chez soi, avait-il décrété. Il avait proposé cela pour la mettre à l'aise après la débâcle de l'autre soir. Seulement c'était hors de question. Tout simplement exclu.

Elle eut un sourire intérieur dénué de joie. Le passé était révolu et le futur impossible. Seul le présent était à elle.

Et c'était cela qu'elle s'apprêtait à prendre et donner à Leandros.

Elle garderait ce moment au chaud dans son cœur ensuite, durant les longues et mornes années qui suivraient, lorsque Paris et ce temps béni avec Leandros ne seraient plus qu'un souvenir.

Leandros éteignit la télévision tandis qu'Eliana battait en retraite vers sa chambre. Il n'avait aucune envie de la voir partir, mais il avait donné sa parole.

Les souvenirs affluaient comme pour le tourmenter. Il batailla pour les refouler. Se remémorer la soirée de la veille serait un supplice. La sensation du corps nu d'Eliana dans ses bras, sa bouche ardente, le désir violent qui l'avait instantanément égaré…

La porte de la chambre se referma derrière elle. Il se leva à son tour. Quel plaisir et quelle torture à la fois de regarder ce vieux film assis à côté d'elle pelotonnée sur les coussins, le chignon un peu défait, le drapé de la robe épousant ses seins ronds… Il avait eu toutes les peines du monde à se concentrer sur les combats d'épée à l'écran. Et maintenant il l'imaginait dans sa chambre, en train de retirer sa robe, de libérer sa chevelure…

Il prit les verres et le plateau des pâtisseries, dont il ne subsistait que des miettes, et emporta le tout dans la cuisine. Laver la vaisselle l'aida à oublier momentanément la rudesse de son engagement à faire chambre à part. C'était la seule chose décente à faire après le fiasco de la veille, de toute façon.

Il gagna ensuite sa propre chambre. Une bonne douche, voilà ce qu'il lui fallait.

La température de l'eau réglée au minimum, il endura un bon moment le jet glacé. Remède éprouvant mais efficace. En sortant de la cabine il enroula une serviette autour de ses hanches et en attrapa une autre pour s'éponger le torse et les épaules. En se brossant les dents, il sentit revenir la pesanteur qui l'avait assailli tout à l'heure, lorsqu'elle avait prononcé les mots qu'il ne voulait pas entendre.

Il aurait tant aimé qu'elle regrette le mariage qu'elle s'était choisi. Qu'elle regrette de l'avoir rejeté comme elle l'avait fait et lui confie qu'elle ne commettrait pas la même erreur si une seconde chance lui était offerte… et le choisirait lui, cette fois.

Seulement elle n'avait rien dit de tel.

Le miroir lui renvoya l'image de joues ombrées de barbe, d'une tignasse en vrac, encore humide de la douche, autour d'un visage perplexe.

Cela, c'était le passé ! Le présent était à eux et leur tendait les bras.

Il s'entendit de nouveau dire à Eliana : « Les choses évoluent. Elles peuvent encore changer. »

Le pouvaient-elles vraiment ?

Aspirait-il à ce changement ?

Et Eliana, que voulait-elle ? La veille, elle était venue à lui exactement comme il en avait exprimé le souhait, animée d'un désir qui faisait écho au sien. Il avait cru que cela suffirait, qu'il n'attendait rien d'autre d'elle. Mais aujourd'hui...

Sa promesse de faire chambre à part et de ne plus rien exiger d'elle avait torpillé le but qu'il s'était fixé en l'emmenant à Paris avec lui. Il l'honorerait cependant, quitte à passer une sale nuit, se dit-il en reposant sa brosse à dents.

Le cœur lourd, il éteignit la lampe au-dessus du lavabo, et regarda s'évanouir son reflet avant de revenir dans la chambre... où l'attendait Eliana, couchée dans son lit.

Les cheveux épars sur ses épaules nues, Eliana le vit piler net et le doute l'assaillit avant de s'évaporer dans la seconde suivante. Elle tendit une main vers lui, l'autre retenant la couette sur ses seins, et l'appela d'une voix douce.

D'abord figé sur place, il la rejoignit bientôt en trois enjambées, saisit sa main et la pressa entre les siennes tout en s'asseyant près d'elle.

Il la regarda droit dans les yeux.

— Est-ce vraiment ce que tu veux, Eliana ? Dis-moi. Parce que sinon...

Elle ne le laissa pas terminer. Sa voix basse et enrouée était tendue et pleine d'incertitude. Elle posa un doigt en travers de sa bouche. Dans le mouvement, le drap glissa, dévoilant un sein, mais cela n'avait pas d'importance. Elle était là pour lui, et aussi pour elle.

Elle était là pour eux...

Les paupières closes, elle lui offrit ses lèvres et posa la paume sur sa joue – un peu rêche au toucher, mais cela aussi elle s'en moquait. Elle sourit même en l'embrassant. Sans urgence ni impatience excessive, tout en douceur et tendresse.

Puis elle se dégagea, la main dans la sienne, et soutint son regard.

— Ce moment est le nôtre, Leandros.

Il ne répondit pas. Du moins, pas avec des mots. Ses yeux, en revanche… Oh ! Avec ses yeux, il lui dit alors tout ce qu'elle avait envie et besoin d'entendre.

— Eliana…

Elle accueillit ce murmure comme une grâce. Une rédemption, après tout ce qu'elle lui avait fait subir et la souffrance infligée à l'un et l'autre. Elle ne réclamait pas le pardon, seulement ceci, cette union intime, ici et maintenant, telle qu'elle aurait dû s'accomplir de longues années plus tôt.

Cette nuit est notre nuit de noces.

Ces mots jaillirent dans sa tête, allègres, libérateurs, et puis ils s'envolèrent, laissant place à la douceur des baisers de Leandros et à tout ce qui s'ensuivit tandis que tendrement, avec une infinie délicatesse, il l'étendait près de lui pour la faire sienne, enfin.

Elle était douceur, et soie, et merveille. Un délice à contempler, à caresser amoureusement et posséder, mais sans hâte et avec mille précautions. La flamme brûlait doucement entre eux, joyeuse et légère elle aussi prenait son temps. Car pourquoi se presser ? Ils avaient toute la nuit devant eux.

Leandros avait un seul objectif, se faire pardonner. La veille une fringale désespérée le pressait d'assouvir son appétit et celui d'Eliana. Ce soir, il serait aussi patient et prévenant que nécessaire. La moindre caresse de ses lèvres, de la pulpe de ses doigts sur cette peau satinée offrirait à Eliana la douceur voluptueuse qu'elle s'appliquait au même moment à lui procurer. La passion était bien là, dans toute son intensité, d'autant plus savoureuse qu'elle était maîtrisée. Leandros savait d'instinct que ce moment exigeait un tempo ralenti. Eliana en avait besoin.

Moi aussi, j'ai besoin de ce temps.

Le temps… Si simple et si précieux. Aussi précieux que les petits gémissements de plaisir qui montaient de la gorge d'Eliana à mesure qu'il puisait chez elle les délices qu'il se savait capable de lui donner, et se délectait des soubresauts de son corps majestueux en retour. Lentement, sensuellement, de baisers doux en caresses savantes, sans précipitation aucune, la main en coupe sous un sein tout gonflé de désir ou les doigts en maraude le long d'une cuisse soyeuse, il l'entraîna sur ce chemin…

Les bras autour de son cou, Eliana leva les yeux vers lui. Il y avait de la ferveur dans son regard, une invitation dans son sourire, et lorsqu'il se glissa en elle cette invitation était aussi dans son corps alangui tout prêt à l'accueillir. Il marqua une pause, effleurant ses lèvres d'un baiser tendre et rassurant, le temps que ce corps s'habitue à lui.

Il l'entendit pousser un léger soupir, la sentit qui l'enveloppait, le retenait, se repliait autour de lui, et le plaisir menaça de le submerger.

— Eliana, je ne vais pas pouvoir… m'arrêter…

Même en sachant que la douceur était de mise, il devenait tout simplement impossible de dénier à son corps l'assouvissement qu'il recherchait dans cette union si parfaite, cette fusion absolue.

Eliana croisa les doigts sur sa nuque et lui sourit.

— Moi non plus, murmura-t-elle d'une voix sourde.

Elle se cambra, tête renversée, les doigts crispés sur sa nuque. Transfigurée. Un cri lui échappa, mais ce n'était pas un cri de douleur, loin de là. Avec une joie pure qui le transperça jusqu'à l'âme, Leandros la sentit convulser autour de lui et s'envola à son tour dans la même seconde.

Unis dans le plaisir, ils s'accrochèrent l'un à l'autre jusqu'à ne faire qu'un.

La tête nichée au creux de l'épaule de Leandros, une main sur son torse et l'autre autour de sa taille, Eliana se croyait au paradis.

Ils ne parlaient pas. Ils n'en avaient pas besoin. Les mots étaient inutiles, seul comptait ce moment, cette heure, dans les bras l'un de l'autre, dans le noir velouté de la nuit parisienne.

Tant d'émotions vibrionnaient dans son cœur, comment pouvait-il les contenir toutes ? C'était à peine croyable. Elles débordaient de son corps du reste, enserraient Leandros, le liaient à elle.

Pour ce moment. Cette heure. Ce présent qui était tout pour elle. L'univers tout entier, et bien plus encore...

Elle était dans les bras de l'homme qu'elle aimait.

Mais elle devait le perdre une seconde fois.

Un cri de révolte se leva en elle, silencieux, implorant.

Pas encore, pas tout de suite ! Qu'on m'accorde ce temps, ce précieux temps, avant que mon cœur ne se brise à jamais.

Une semaine lui était accordée.

Une petite semaine pour vivre toute une vie d'amour pour lui.

— C'est l'heure du goûter. Le déjeuner remonte à une éternité ! Si nous nous installions là ? proposa Leandros en désignant un banc au bord de l'allée de gravier.

— Parfait.

Avant de s'asseoir, Eliana balaya des yeux le paysage.

— Je n'imaginais pas le jardin du Luxembourg aussi vaste.

Partout surgissaient des points de vue à admirer, dans un mélange de jardins à la française et d'autres plus naturels. Il y avait même un verger...

— Plus de vingt hectares, dit Leandros, citant le guide touristique qu'il avait parcouru.

Des rires et des cris d'enfants leur parvenaient depuis le coin des toboggans et autres balançoires. Ils avaient en point de mire le grand bassin où évoluaient des modèles réduits de bateaux télécommandés.

Leandros défit le ruban du petit carton qu'il transportait avec soin depuis qu'ils s'étaient offert une incursion dans une célèbre pâtisserie après le déjeuner. Le beau temps persistait, c'était une chance car l'automne approchait. Le soleil n'était plus aussi chaud, les feuilles des arbres commençaient à brunir. Pour le moment toutefois, il était agréable, très agréable même, d'être assis là, les jambes étendues devant soi, en chaussures de tennis confortables pour visiter la capitale à pied.

Un sentiment de contentement profond habitait Leandros. Il sourit à Eliana. Les cheveux retenus par une barrette, elle portait un pantalon léger bleu marine et un petit pull en V exposant le dessin délicat de sa gorge. Très peu maquillée comme souvent, elle rayonnait tout de même, par sa beauté et par tant d'autres choses encore…

Elle se pencha pour soulever le couvercle du carton.

— Mmm… Pour moi, ce sera la religieuse, dit-elle en prélevant les petits choux fourrés de crème pâtissière.

Elle mordit dedans avec un bel appétit en se renversant contre le dossier du banc.

— Et moi le mille-feuille, dit-il, joignant le geste à la parole.

Ils consommèrent ces spécialités françaises en toute complicité. Normal, ils étaient en phase sur tous les plans. À croire que les six dernières années n'avaient pas existé, et que ce séjour était vraiment leur voyage de noces, celui qu'ils auraient dû s'offrir à l'époque.

Une ombre passa dans le ciel de Leandros. Elle n'en avait pas voulu, de ce voyage de noces avec lui.

Alors, pourquoi maintenant ?

La motivation qu'il lui avait d'abord attribuée ne tenait plus la route. Eliana avait décliné sa proposition de compléter sa garde-robe et il s'était heurté à un nouveau refus plus révélateur encore lorsqu'il l'avait invitée à désigner ce qu'elle préférait dans la vitrine d'une bijouterie. Un souvenir de Paris, avait-il insisté. Elle avait secoué la tête et lui avait pris la main pour reprendre leur promenade.

Ils marchaient beaucoup, longtemps, pour tout voir. Il se régalait à lui montrer les différents monuments, la tour Eiffel, le Panthéon, le tombeau de Napoléon, l'Arc de triomphe… Ils s'étaient promenés dans le jardin des Tuileries et sur les Champs-Élysées. Ils avaient sillonné le Quartier latin et pris un verre dans les cafés rendus célèbres par les artistes, les intellectuels et les philosophes français qui les avaient fréquentés. Ils avaient aussi goûté à la richesse des galeries d'art parisiennes. Il y avait tant à voir, un unique séjour n'y suffirait pas.

Il l'avait confié à Eliana un soir où ils dînaient dans un restaurant choisi par ses soins, un des plus renommés de Paris. Pour l'occasion, elle avait étrenné une autre des robes de soirée qu'il lui avait achetées le premier jour, rouge vermillon. Il avait eu comme un vertige en la voyant émerger de sa chambre, devenue son dressing depuis qu'elle servait exclusivement de vestiaire. Car chaque nuit, chaque bienheureuse nuit, elle était sienne, complètement sienne, animée d'un désir aussi ardent que le sien…

Était-ce la lueur tremblotante des chandelles disposées sur la table ce soir-là qui avait dessiné une ombre sur son visage ? Elle ne lui avait pas répondu. Elle avait juste souri et levé son verre. Il avait trinqué volontiers, s'exclamant : « À notre prochain séjour ! »

Sur le moment il s'était demandé s'il n'aurait pas mieux fait de se taire. Il se posa de nouveau la question tandis qu'ils vidaient consciencieusement le carton de pâtisseries posé entre eux sur le banc.

Ce temps avec elle pouvait-il durer ?

Cette prolongation s'imposait-elle ? Il avait voulu l'amener ici pour se libérer d'Eliana. Peut-être ferait-il bien de ne pas l'oublier. Il referma le carton désormais vide. Des délices qu'il contenait, tous ces petits plaisirs si doux au palais, il ne restait plus rien.

— Mes doigts sont tout collants, dit Eliana en se levant. Il faut que j'aille les rincer dans le bassin.

Leandros lui emboîta le pas pour en faire autant, déposant au passage dans une poubelle le carton dont la mission était accomplie.

L'eau du bassin était froide lorsqu'il y trempa les doigts.

« Tu enlevais toujours les noix des baklavas », lui avait rappelé Eliana. Oui, le temps passé avec elle naguère était aussi doux que ce séjour à Paris. Il s'était envolé. Celui-ci aussi s'envolerait.

Le plus sage était sans doute de se satisfaire de ce qu'ils avaient maintenant, et de le laisser partir ensuite.

De tourner la page Eliana.

Mais pas tout de suite.

Il la regarda agiter les doigts dans le bassin, perchée sur le rebord, et sourit.

— Que dirais-tu d'aller louer un mini-yacht pour faire la course ?

Elle éclata de rire. Ses yeux brillants croisèrent les siens, comme pour confirmer ses pensées.

Non, pas tout de suite.

12

Le bourdonnement discret mais insistant de son portable réveilla Eliana en sursaut aux aurores. Le temps qu'elle le saisisse à tâtons, le répondeur se déclencha, mais le numéro affiché à l'écran la propulsa hors du lit.

Dieu merci, Leandros dormait encore. Elle se dépêcha de gagner sa propre chambre pour écouter le message en toute intimité. Après cela, elle reposa le téléphone et se laissa choir sur le lit froid, consternée.

Puis, le cœur battant, elle se releva avec effort. Il fallait partir. Immédiatement.

Quitter Paris.

Quitter Leandros.

Quitter ce bref bonheur inattendu, inespéré, qu'elle savait depuis le début promis à une fin rapide.

Cette fin était arrivée.

Leandros serra le poing sur son siège d'avion. Son visage était crispé, dénué d'expression, mais derrière ce masque une tempête faisait rage.

Elle était partie. Elle l'avait quitté. Sans explication ni excuse, sinon une note griffonnée à la hâte.

Leandros, je dois retourner à Thessalonique.

Ces mots tambourinaient dans son crâne comme pour se moquer de lui tandis que l'avion dépassait les nuages, cap au sud. L'histoire se répétait. Elle l'avait abandonné comme elle l'avait déjà fait six ans plus tôt.

Mais cette fois...

Pourquoi ? Pourquoi avait-elle recommencé ? Il y a six ans elle m'a quitté pour l'argent, mais qu'est-ce qui l'attend aujourd'hui à Thessalonique ? Rien, sinon les miettes consenties à contrecœur par Jonas Makris !

Il ferma les yeux en se remémorant les derniers mots sur sa note.

Nous savions depuis le début que Paris n'était destiné qu'à nous libérer du passé, rien de plus.

Quelle humiliation ! Oui, en l'emmenant avec lui, il avait voulu mettre fin à une obsession, s'affranchir d'elle. Mais après ces jours de bonheur insouciant et ces nuits incandescentes avec elle... son but était-il encore le même ?

Rien de plus.

Ses yeux se rouvrirent, sombres, hagards.

Cela faisait un mal de chien.

Eliana sortit de la banque le visage fermé et regagna rapidement le studio qu'elle n'avait plus les moyens d'habiter désormais. Pour effectuer le règlement nécessaire, elle avait dû quasiment vider son misérable compte épargne. Une vague angoisse la gagnait. Ce qu'elle était en train de faire était risqué, mais elle n'avait pas le choix, ses finances l'exigeaient.

Tel un aimant cherchant le nord magnétique, son esprit s'envola vers le lieu où il rêvait d'aller. Ce chemin toutefois était barré maintenant. Elle avait pris le présent qui lui était offert en sachant qu'il ne pouvait pas durer, et ce temps était révolu.

Sa nostalgie se mêlait d'un sentiment de culpabilité. Un cocktail toxique familier, à ceci près que ses remords ne portaient pas sur un passé lointain, mais sur l'avant-veille.

Là encore, elle ne pouvait rien faire, sinon serrer les dents comme elle s'y était déjà astreinte six ans plus tôt.

Aujourd'hui la douleur était presque insoutenable, avec ce cœur brisé une seconde fois.

Le taxi se gara au pied de l'immeuble décrépit. Leandros mit pied à terre en grommelant dans sa barbe. Que fichait-il ici ? Il aurait dû se borner à rayer définitivement Eliana de sa vie. Au lieu de quoi, au terme d'une longue nuit d'insomnie à Athènes, il s'était embarqué sur le premier vol pour Thessalonique.

Il avait besoin de comprendre. Elle lui devait bien ça !

Sa note absurde lui trottait encore dans la tête.

Pourquoi ce besoin de rentrer ? Après ce qu'ils avaient vécu à Paris !

Quelqu'un sortait de l'immeuble, il en profita pour se glisser dans le hall. Une affichette placardée sur la porte de l'ascenseur annonçait qu'il était en réparation, comme lors de sa première venue. Aussi s'engagea-t-il dans l'escalier aux marches tout abîmées.

Arrivé à l'étage d'Eliana, il frappa à la porte sans plus réfléchir.

Eliana se figea, les mains sur la valise qu'elle était en train de boucler. L'agent du propriétaire, venu pour un état des lieux ?

Elle alla ouvrir en se cuirassant pour la confrontation à venir… et étouffa un cri.

Leandros pénétra dans le studio au pas de charge et balaya des yeux la valise sur le lit, l'autre, plus grande, déjà fermée et posée près de la porte, le matelas nu, l'absence d'affaires personnelles.

Son regard revint se visser sur elle.

— On déménage ?

Sa voix était calme, mais n'en creusa pas moins comme un gouffre dans le ventre d'Eliana.

À lui tout seul il emplissait la pièce – et tellement plus ! Elle hocha la tête et s'accrocha au chambranle pour se donner de la force. La sienne s'évaporait à la vitesse de la glace sur un poêle chaud face à sa mine sombre, terriblement sévère. Elle lui avait vu une seule fois cette expression, le jour où elle avait retiré de son doigt la bague de fiançailles pour la lui rendre.

— Je... je dois partir.

Leandros fronça les sourcils.

— Tu as été expulsée ?

— Non... Je... je dois aller habiter ailleurs, c'est tout.

Une faiblesse insigne la gagnait, mêlée d'un sentiment très différent, un désir très malvenu, si intense qu'elle manqua défaillir.

— Où ? demanda-t-il.

— Ailleurs.

Sa dérobade ne lui échappa pas, bien entendu.

— Dis-moi où, insista-t-il en la fusillant du regard.

Le cœur d'Eliana battait, battait... Sa main se crispa sur le chambranle.

— Peu importe où je vais, et pourquoi.

Elle leva la main comme il faisait mine de s'approcher.

— Cela n'a *aucune* importance ! Mon déménagement n'a rien à voir avec toi.

— Tu me dis ça, prononça-t-il lentement, après Paris ?

— Leandros, Paris, c'était... ce que c'était. Cela ne pouvait pas durer, de toute façon. Tu ne le voulais pas non plus.

Elle ferma les yeux un instant.

— Oh ! Leandros, s'entendit-elle prononcer d'une voix changée, je sais pourquoi tu m'as emmenée là-bas. Le mal que je t'ai fait il y a six ans t'a empoisonné la vie. Au début j'ai pensé que je te devais ce séjour à Paris et j'étais prête à aller jusqu'au bout, mais ensuite... tout a changé. Peut-être même que nous sommes guéris, je ne sais pas. Quoi qu'il en soit, c'était bon, mais ce n'était pas destiné à durer, acheva-t-elle dans un murmure.

— Tu n'avais donc pas envie que cela dure ?

La voix de Leandros sonnait creux, comme vidée de sa substance.

— Eliana, ce qui s'est passé à Paris, c'était plus que bon, et tu le sais. Nous avons tout fait pour. Je t'ai dit que nous pouvions évoluer et nous l'avons fait, ensemble ! s'exclama-t-il avec feu. Pourquoi le perdre ? Pourquoi fuir cela ?

Comment pouvait-elle lui répondre ? C'était impossible.

— Je regrette que tu sois venu me traquer jusqu'ici. Rien ne t'y obligeait.

— Alors où vas-tu ? Pourquoi ce déménagement ? Et pourquoi ne réponds-tu pas à mes questions ?

Comme elle gardait le silence, un nerf tressauta dans sa joue. Il jura haut et fort et son expression changea.

— Tu vas chez quelqu'un d'autre…

À ces mots le sang d'Eliana se glaça. Ce grand froid lui donna tout au moins la force dont elle avait désespérément besoin.

— Oui, dit-elle.

Durant une poignée de secondes interminables, il soutint son regard. Puis, sans un mot, Leandros gagna la porte et sortit du studio – et de sa vie, pour la seconde fois.

Ses pas lourds résonnèrent dans l'escalier, aussi pesants et rageurs que les battements effrénés de son cœur, qui lui pourfendaient la poitrine.

Assis à son bureau, Leandros essayait en vain de se concentrer sur son travail. Il en était incapable, alors même que les tâches s'empilaient. Dans sa tête tournait encore et encore son dernier échange avec Eliana.

« Tu vas chez quelqu'un d'autre. — Oui. »

Un mot, un seul, qui la condamnait.

Comment pouvait-elle aller retrouver quelqu'un d'autre, après ce qu'ils avaient vécu à Paris ?

« Nous sommes guéris », avait-elle dit. Le mot flambait encore dans sa mémoire. Oui, ce séjour parisien avait pansé leurs plaies et les avait guéris. C'était une certitude maintenant.

J'ai retrouvé la femme que j'ai aimée naguère.

Et maintenant il venait de la perdre de nouveau...

Un vent de révolte se leva en lui.

Six ans plus tôt il l'avait laissée partir. Il avait laissé l'argent compter davantage pour elle que l'amour. Il avait baissé les bras. Il ne s'était pas battu pour elle.

Parce que six ans plus tôt Eliana n'en valait pas la peine.

Tandis qu'aujourd'hui...

Aujourd'hui, oui, elle vaut la peine.

En dépit des aléas de son mariage elle avait changé. Forcément. Pourquoi sinon aurait-elle décliné sa proposition de lui offrir ce qu'elle voulait, comme il s'y était engagé à l'origine ? Elle avait refusé des bijoux. Et même abandonné en partant sa garde-robe haute couture.

Et ce qu'ils avaient vécu à Paris avait été *bon.*

Peut-être n'avait-il pas compris ce qui lui arrivait. Ce qui *leur* arrivait. Peut-être n'était-il pas encore tout à fait sûr de ce qu'il voulait.

À présent, je sais. Je ne veux pas la perdre.

Il serra les poings malgré lui. Cette fois, il ne renoncerait pas à elle. Il ne lâcherait pas.

Son regard s'égara vers le mur d'en face. L'émotion bouillonnait en lui, insistante, centrée sur un objectif unique.

Eliana.

Elle avait repris le travail. Le réassortiment des rayons, la caisse, les allers-retours à l'entrepôt. Elle ne travaillait plus à temps plein, mais le salaire était toujours aussi essentiel à son budget. Son nouveau domicile étant plus éloigné de la supérette, elle s'était mise en quête sans trop y croire d'un poste plus proche et si possible mieux rémunéré.

Eliana soupira. À quoi bon vouloir l'impossible…

Comme vouloir Leandros.

Elle se ressaisit aussitôt et se remit à remplir les étagères d'un geste mécanique. Laisser ses pensées dériver de ce côté-là revenait à verser de l'acide sur une plaie. Elle avait déjà survécu à un cœur brisé, elle pouvait recommencer. Il le fallait. Car il n'y avait pas d'autre solution. Comme naguère, elle avait fait son choix et devait maintenant l'assumer.

Leandros fronça les sourcils. Cet immeuble se situait dans une rue plus fréquentable que le précédent, il était mieux entretenu, mais… ce n'était pas ce à quoi il s'attendait. Est-ce qu'elle fréquentait réellement un habitant de ce quartier ?

Mais qu'importe. Ce qui le tracassait vraiment, c'était qu'elle fréquente quelqu'un d'autre. Point.

Comment a-t-elle osé ? Ce que nous avons partagé à Paris ne signifiait donc rien pour elle ?

Son humeur s'assombrit encore tandis qu'il pénétrait dans l'immeuble. Six ans plus tôt, ce qu'ils vivaient ensemble n'avait pas davantage compté aux yeux d'Eliana…

Il donna son nom au concierge – cet immeuble au moins en avait un. L'homme fronça les sourcils, puis son visage s'éclaira.

— Deuxième étage, appartement numéro six, face à l'escalier. Voulez-vous que je téléphone pour prévenir ?

Leandros secoua la tête et grimpa les marches quatre à quatre.

En arrivant sur son palier il s'arrêta net.

Que diable faisait-il là ? Il était venu jusqu'ici pour se battre pour elle, dans l'idée qu'elle méritait cette fois qu'il ne baisse pas les bras, mais n'était-il pas en train de se faire des illusions ?

Quoi qu'ils aient vécu à Paris, elle l'avait tout de même quitté comme la première fois...

Six ans plus tôt il savait pour qui. Et pour quelle raison.

Cette fois, je n'ai pas besoin de le savoir.

Il ne le supporterait pas. C'était aussi simple et affligeant que cela. La force lui manquait pour affronter la vérité.

Je l'ai perdue une seconde fois, je dois l'accepter.

Il tourna les talons, prêt à filer loin de cet endroit maudit.

Un grincement derrière lui. La porte de l'appartement derrière lui s'ouvrait... Il se retourna par réflexe.

Eliana s'encadrait sur le seuil, paralysée de stupeur, les mains sur la poignée d'une poussette d'enfant.

Non, c'était impossible ! Son imagination lui jouait un sale tour, en créant un mirage devant ses yeux.

Leandros. Surgi de nulle part.

— Comment... ? murmura-t-elle.

— J'ai engagé un détective privé. Il t'a suivie depuis ton lieu de travail.

La voix de Leandros était dénuée d'émotion, mais elle savait qu'il était en état de choc, lui aussi. Normal...

Il baissa les yeux sur la poussette à laquelle elle s'accrochait et sur le petit enfant assis là.

— C'est le tien ?

Alors qu'elle se demandait avec angoisse quoi lui répondre, une voix inquiète s'éleva dans l'appartement.

— Qui est-ce, Eliana ?

Elle se tourna et lança d'un ton qui se voulait rassurant :

— Tout va bien !

Mais une main s'était refermée sur la poignée de la poussette. Leandros lui bloquait le passage maintenant.

— À l'intérieur, dit-il.

Ce n'était pas une demande, ni une suggestion.

Hébétée, l'esprit en déroute, Eliana recula dans le petit couloir de l'appartement.

Il la suivit, jeta un coup d'œil derrière elle vers le salon et la regarda sans comprendre.

Leandros s'efforça d'assimiler la vision s'offrant à lui. Un salon avec une grande table près de la fenêtre s'ouvrant sur un petit balcon. Des meubles vieillots et chargés de bibelots, un buffet, une armoire. Des photos accrochées au mur, un canapé recouvert d'un plaid brodé au crochet et un fauteuil confortable dans lequel était assise une dame aux cheveux gris, une canne posée à côté d'elle. Tout au fond, Leandros repéra aussi un petit coin cuisine.

— Eliana, qui est-ce ? Pourquoi est-il ici ? s'enquit la dame, visiblement confuse, avec un fort accent macédonien.

Leandros se tourna vers elle.

— Je suis... un ami d'Eliana, *kyria.* Je suis désolé de vous déranger, mais j'ai besoin de parler avec Eliana.

— Elle allait emmener Miki au parc...

— Miki ?

Les yeux de Leandros revinrent sur le garçon qui fixait sur lui de grands yeux curieux. Deux ans, peut-être trois ? Il ne connaissait pas grand-chose aux tout-petits.

— Mon petit-fils, dit la dame d'un ton gorgé de fierté.

— Nous pouvons tout de même aller au parc, *yaya.*

Au son de la voix d'Eliana, Leandros se retourna.

Blanche comme un linge, agrippée à la poussette, elle lui jeta un regard interrogateur. Il hocha la tête. Absolument rien ici n'avait de sens. À tout prendre, mieux valait sortir. Il adressa un sourire poli à la vieille dame, alla ouvrir la porte et s'effaça devant Eliana.

— Nous prendrons l'ascenseur, dit-il.

Eliana, dont le cœur galopait depuis la seconde où elle avait posé les yeux sur Leandros, était assise sur un banc dans le petit parc voisin de l'appartement.

Il était joli ce parc, avec des mûriers pour faire de l'ombre, des chemins aménagés entre des parterres fleuris bien entretenus, des massifs d'hibiscus et une pelouse un peu sèche au sortir de l'été. Il comprenait une aire de jeux avec balançoires, toboggans et quelques autres équipements pour les petits, les dalles de sol en caoutchouc garantissant des chutes sans douleur. Pour l'heure Miki, assis sur un poney multicolore perché sur un ressort géant en acier, ondulait joyeusement d'avant en arrière.

À côté d'elle se tenait Leandros, et les souvenirs faisaient mal. Leur après-midi assis côte à côte sur un banc au jardin du Luxembourg, grand comme vingt fois ce parc, à déguster leurs pâtisseries en regardant les touristes s'amuser…

— Alors, dit Leandros, parle !

Une nouvelle fois ce n'était pas une requête mais un ordre.

Elle ne répondit pas tout de suite, les yeux sur le petit garçon qui jouait, inconscient des bourrasques dans la vie des adultes autour de lui.

— Si c'est ton fils, reprit Leandros d'une voix dure comme la pierre, qui diable est le père ? La dame dans l'appartement n'est pas la mère de Damian… Et de toute façon Damian était gay…

Il se tut et fronça les sourcils.

— Mais tu étais vierge, alors comment… ? Une mère porteuse ? Sinon…

— Miki n'est pas mon fils, dit doucement Eliana. C'est celui de Damian.

Elle s'appliqua à ne pas regarder Leandros et resta concentrée à la place sur le petit garçon qui se balançait toujours sur son poney en chantonnant pour lui-même. Elle n'avait plus d'autre choix désormais que de lui révéler toute la vérité.

— Damian n'était pas gay comme tu l'as supposé et comme

je te l'ai laissé croire. Il était amoureux d'une autre femme, la mère de Miki, Maria. Il voulait l'épouser, mais elle travaillait comme femme de chambre chez son père, c'est ainsi qu'ils se sont rencontrés. Jonas, comme tu le sais, est autodidacte et il avait de grandes ambitions pour son fils unique. Jamais il n'aurait toléré qu'il s'unisse à une femme issue du milieu dont il s'était lui-même extrait à la sueur de son front. Il avait d'autres rêves pour lui, une vieille fortune, le prestige d'une « bonne famille ». Comme la mienne...

Eliana déglutit avant de poursuivre :

— Il a tiré profit de notre mariage en rachetant les dettes de mon pauvre père pour faire main basse sur sa maison au bout du compte, mais surtout j'étais une épouse socialement parfaite pour Damian. Voilà pourquoi ce mariage l'arrangeait. Quant à moi... mes raisons, tu les connais déjà.

Sa voix tremblait. Elle inspira un grand coup.

— Damian y trouvait aussi son compte. Une fois marié avec moi, il était libre de poursuivre sa liaison clandestine. Maria est tombée enceinte, Miki est né. Damian bien sûr ne pouvait pas le reconnaître. Il fallait cacher son existence, cacher Maria aussi. Moi, j'étais dans la confidence dès le début et j'ai joué le rôle que Damian attendait de moi. Un écran de fumée destiné à protéger Maria et amadouer son père. Nous nous étions mis d'accord avant la noce.

Elle baissa les yeux.

— J'ai eu pitié de lui, il me faisait de la peine. Son père le dirigeait d'une main de fer. Damian le craignait depuis toujours. Il n'avait pas d'argent personnel, son père tenait les cordons de la bourse. S'il m'avait quittée, il se serait retrouvé sans un sou. Alors il a fait au mieux. Et moi aussi.

Elle marqua une pause avant d'achever son triste récit.

— Maria était dans la voiture au moment de l'accident. Ils sont morts ensemble. En laissant Miki à sa grand-mère veuve... et à moi. Je ne peux pas l'abandonner, dit-elle en se tournant enfin vers Leandros. Agnetha touche une maigre retraite et sa santé laisse à désirer. Je... je lui donne ce que je peux sur l'allocation que m'a consentie Jonas, mais cela suffit à peine à payer une nounou pour la seconder. Après le décès de Damian et Maria, je me suis tenue à l'écart. Non par choix, mais parce que...

Eliana reprit son souffle.

— Leandros, Jonas ne doit jamais apprendre l'existence de son petit-fils. Il n'a jamais eu le moindre soupçon et cela doit continuer ! Grâce à Dieu, les secours arrivés sur le lieu de l'accident ont sorti Maria en premier pour l'emmener aux urgences. Elle est morte en cours de route. À ce jour, à la connaissance de Jonas, Damian était seul dans la voiture. S'il savait pour Miki... il lui mettrait la main dessus... Illégitime ou non, et en dépit de l'identité de sa mère, ce petit-fils inespéré aurait pour lui une valeur inestimable ! Il userait de sa fortune et de son influence pour obtenir la garde et sa grand-mère ne le verrait plus jamais. Ce serait une enfance atroce pour Miki. Damian m'a raconté la sienne et je suis bien placée pour savoir comment Jonas traite son prochain. Miki sera bien mieux chez Agnetha. Elle l'adore et... Il est tout ce qui lui reste, depuis la mort de sa fille...

— Eliii !

Elle se leva pour aller aider Miki à descendre de son perchoir.

En plus d'économiser un loyer désormais trop lourd pour son budget, habiter chez Agnetha lui permettait de passer davantage de temps avec Miki. Elle n'était peut-être que la belle-mère de cœur de cet enfant, mais son affection pour lui croissait de jour en jour. Et Miki la lui rendait bien.

— Qu'allons-nous faire maintenant ? dit-elle d'un ton joyeux.

— Toboggan !

Elle l'accompagna en riant jusqu'au plus petit des deux toboggans, le hissa sur la plate-forme et cala les mains sur ses hanches.

— Prêt ?

— Ouiiii !

Elle le fit glisser jusqu'en bas sans lâcher sa taille.

— Encore ! Encore !

Eliana prit son élan pour le hisser là-haut de nouveau. Il pesait lourd, à trois ans et des poussières.

— Laisse, dit une voix familière derrière elle.

Leandros les rejoignait à grandes enjambées.

— Allons-y, jeune homme...

Il se chargea de le mettre en position et imita les précautions prises par Eliana pour lui faire dévaler la glissière.

Miki mit un moment à se lasser du jeu, mais finit tout de même par réclamer le tourniquet. Puis la balançoire. Et enfin le bac à sable. Eliana tira un petit seau en plastique et une pelle d'un sac calé sous la poussette et Miki s'absorba, tout joyeux, dans ce nouveau jeu.

Il restait un banc de libre parmi d'autres occupés par des mamans surveillant leur progéniture. Eliana s'assit avec Leandros, qui se tourna vers elle.

— Que puis-je te dire ?

« Que puis-je te dire ? »

Ces paroles résonnèrent, aussi creuses qu'inadéquates, dans la tête de Leandros. En découvrant sa virginité il n'avait pas su quoi lui dire et aujourd'hui, face à cette autre révélation plus choquante encore, il se trouvait une nouvelle fois à court de mots.

Le fait que cet autre vers lequel elle était partie soit Miki... et que son mariage soit une farce depuis le début, un mensonge convenu avec Damian...

Elle avait assumé la responsabilité d'un enfant qui n'était pas le sien. Elle était déterminée maintenant à l'élever, quitte à le sacrifier, lui... et sacrifier ce qu'ils avaient à Paris.

Le petit jouait tranquillement dans le sable. C'était un chouette petit bonhomme, plein de joie de vivre. Leandros le regarda remplir son seau avec patience et glousser en le vidant d'un coup, pour ensuite répéter la manœuvre avec le même entrain, et une pensée poignante le traversa.

Et s'il était à nous ? À Eliana et moi ?

Ils auraient pu facilement en mettre un au monde. Voire deux… L'émotion lui étreignit la poitrine. Quel gâchis ! Combien leurs vies auraient été différentes !

— Il n'y a rien à dire, répliqua enfin Eliana d'une voix égale, dans laquelle il décela néanmoins une note de résignation. C'est la vie, Leandros. Nous prenons nos décisions et nous assumons ensuite les conséquences.

À son tour elle baissa les yeux sur cet enfant dont la responsabilité n'aurait jamais dû lui revenir. Un destin impitoyable lui avait été imposé…

— Je ne peux pas l'abandonner, murmura-t-elle. Financièrement c'est dur, mais je me débrouille.

Elle soupira et détourna la tête.

— Si j'ai quitté Paris si vite, c'est parce que Agnetha m'a appelée pour me dire qu'elle avait reçu une lettre de son propriétaire annonçant que le loyer allait être augmenté. Elle était bouleversée, en panique. Elle risquait l'expulsion, n'ayant aucun moyen de trouver le supplément nécessaire. J'ai compris que je devais rentrer pour lui venir en aide.

Un silence, puis :

— J'ai dû vider mon épargne pour la dépanner. La seule façon pour moi de ne pas sombrer était de quitter le studio pour emménager chez elle. C'est risqué car, comme je te le disais, je ne veux surtout pas qu'on fasse le lien entre la veuve de Damian Makris et un tout-petit. Les ragots pourraient vite circuler et arriver aux oreilles de Jonas.

Elle esquissa un sourire las.

— Ironie du sort, pour peu qu'il tire la même conclusion que toi Miki sera en sécurité. Jonas s'imaginera que j'ai trompé

Damian et qu'il est le fruit d'une liaison secrète. Il supprimera immédiatement mon allocation, bien entendu, mais sans se douter de rien…

Après un temps, elle poursuivit, lancée :

— J'ai cessé de l'envoyer chez la nounou pour économiser un peu et j'ai pris un mi-temps. Je ne travaille plus que le matin. Agnetha garde Miki pendant ce temps et je prends le relais au déjeuner.

— Eliana, tu ne peux pas continuer ainsi ! s'exclama Leandros, gagné par la frustration. Ce n'est pas tenable… Ce n'est pas une vie !

— Je ne peux pas faire mieux, dit-elle en haussant les épaules.

Il tressaillit comme une main légère se posait sur son poignet.

— Leandros, je suis désolée que tu aies découvert tout cela. Pardon aussi de t'avoir quitté si vite à Paris. Je ne voulais pas que tu te retrouves impliqué… pris dans cette spirale… Je dois ramener Miki à la maison maintenant, ajouta-t-elle en se levant. Agnetha aura déjà préparé son thé. Ne… ne viens pas avec moi. C'est inutile. Sincèrement.

La tristesse qui s'était peinte sur son visage ne laissa pas Leandros indifférent.

— J'ai fait ma vie, Leandros, et elle est ce qu'elle est. Mais sache que…

Elle inspira un grand coup.

— Je garderai toujours, *toujours*, le souvenir de notre séjour à Paris. Je le chérirai tendrement. Je ne pensais pas en arriver là. À l'origine c'était une dette dont je m'acquittais envers toi, après t'avoir si mal traité lorsque j'ai rompu nos fiançailles. Je savais la profondeur de ta rancune… de ton mépris… et comment m'y opposer ? J'avais tous les torts. Et puis tout a changé, n'est-ce pas ? Je ne sais pas bien pourquoi, je ne méritais pas la bienveillance dont tu as fait preuve à mon égard, mais je te suis tellement reconnaissante de ces merveilleuses journées que nous avons passées !

Elle se tut, le visage décomposé, avant de se reprendre au prix d'un effort de volonté manifeste. Elle se pencha pour effleurer sa joue d'un baiser furtif, puis elle tourna les talons et alla dire quelques mots à l'oreille de Miki.

Le petit hocha la tête. Le seau et la pelle sous le bras, Eliana revint avec lui vers la poussette, l'installa dedans, puis la fit rouler vers la sortie du parc.

Sans un regard en arrière.

La soirée fut difficile pour Eliana. Terriblement difficile… Quel besoin avait eu Leandros de venir la débusquer ici ? Cette brève rencontre n'avait fait qu'amplifier son chagrin.

Il était reparti à Athènes, loin d'elle, et n'en bougerait plus, comme l'exigeait le bon sens.

Six ans plus tôt leurs chemins avaient divergé par sa faute. Ils s'étaient brièvement retrouvés à Paris, et ce souvenir lui retournait le cœur. C'était assez déjà de connaître la vérité sur ses propres sentiments. C'était assez d'avoir goûté, même durant un temps si court, au bonheur qu'aurait pu être sa vie si elle avait fait un autre choix à l'époque…

Désormais cette parenthèse enchantée appartenait au passé. Leurs vies avaient de nouveau bifurqué. Pour toujours. À elle d'assumer, une fois encore, le prix de ses choix.

Après avoir couché Miki et installé Agnetha devant ses émissions préférées, elle s'éclipsa de l'appartement, prétextant le besoin d'aller prendre l'air et promettant d'être de retour une heure plus tard. Agnetha n'avait fait aucun commentaire sur le visiteur du jour, mais son appréhension était palpable. Eliana l'avait rassurée, expliquant que Leandros était bien l'homme avec lequel elle était partie en vacances, mais qu'ils ne se reverraient plus. « Ma place est ici, avec Miki et toi. Tu as ma parole. »

Avec cette promesse au cœur, elle monta dans un bus qui partait vers le front de mer. Elle avait envie d'aller marcher sur la promenade comme elle l'avait fait avec Leandros le soir où il était réapparu par surprise.

Tant de changements depuis !

Et si peu, en même temps.

Accoudée à la balustrade, elle s'abîma un long moment dans le scintillement des lumières du port sur la mer d'encre. Derrière elle, le bourdonnement du trafic, le remue-ménage de la ville, une cité ancienne, bâtie en des temps immémoriaux et passée de main en main au fil des siècles. Des milliers de vies déroulaient leur cours ici. La sienne n'était qu'une parmi tant d'autres...

Leandros était peut-être encore ici, quelque part dans un bel hôtel, à moins qu'il n'ait sauté dans un avion pour s'envoler vers Athènes. C'était plus probable. Loin d'elle, pour toujours cette fois.

Une réplique dans un classique américain, comme celui qu'ils avaient regardé ensemble à Paris, lui revint à l'esprit.

Nous aurons toujours Paris.

Paris, pour elle, c'était tout ce qui lui resterait de Leandros, dans le néant que serait désormais sa vie.

13

En contact permanent avec des avocats, des agents immobiliers, des enquêteurs spécialisés dans la finance, Leandros était débordé. Son agenda était plein et il tenait à avancer vite, poussé par une motivation brûlante, un sentiment d'urgence.

Il progressait sur tous les fronts. Bientôt ce travail porterait ses fruits. Il le fallait.

Le téléphone sonna dans ce bureau qui avait été celui de son père et qui était aujourd'hui le sien puisqu'il dirigeait désormais l'entreprise familiale, sur laquelle reposait la fortune que son père lui avait recommandé de protéger... et de ne pas partager avec une épouse qui en avait après son argent.

Il souleva le combiné. Un agent immobilier.

— Du nouveau ? aboya-t-il dans l'appareil.

Deux minutes plus tard il raccrocha, satisfait. Cette mission-là était accomplie. Bien ! Le moment était venu de passer à la suivante.

Il décrocha de nouveau pour contacter son assistante.

— Trouvez-moi une agence de recrutement, dit-il d'un ton brusque.

Il lui donna quelques précisions et mit fin à l'appel.

Quoi d'autre, maintenant ? Ah oui. Traquer ce maudit avocat spécialisé dans le droit des familles. Il avait besoin de réponses fiables avant de lancer la procédure administrative.

Tant de choses à régler encore…

Il fallait accélérer.

J'ai perdu six ans déjà. Je ne perdrai pas un jour de plus que nécessaire.

Telle était la promesse qu'il s'était faite en regardant Eliana disparaître pour la troisième et dernière fois.

Psychiko, Paris, et maintenant Thessalonique…

Cela ne se reproduirait plus.

Avec ce projet bien précis en tête, il pressa une touche – le numéro préenregistré de l'avocat. Il avait dit qu'il se battrait pour elle, et c'était ce qu'il était en train de faire.

Si ses motivations étaient vénales lorsqu'elle m'a quitté il y a six ans, aujourd'hui tout est différent.

Fort de cette certitude il allait batailler, et cette fois il allait gagner. Son avenir, sa vie entière en dépendait.

Tout comme la vie d'Eliana. La femme sans laquelle il ne pouvait pas vivre, il le savait maintenant, avec la même certitude absolue.

Eliana faisait la vaisselle dans la cuisine après le goûter de Miki. Le petit était sur le canapé du salon, blotti contre sa *yaya*, en train de regarder un dessin animé avec elle, et leurs rires lui réchauffaient le cœur. Ces deux-là étaient les piliers autour desquels elle avait bâti sa vie. Le petit orphelin et sa grand-mère endeuillée, victimes d'un sort qui avait privé Miki de ses parents et sa *yaya* de sa fille unique.

J'ai pris cette responsabilité, je dois aller jusqu'au bout.

Avec un budget plus conséquent elle aurait pu installer la petite famille à la campagne, dans une petite maison avec un jardin qui aurait offert un espace de liberté à cet enfant en pleine croissance. Seulement voilà, pour le moment elle avait tout juste de quoi garder la tête hors de l'eau.

Leandros verrait-il dans ce quotidien si contraint une juste punition pour ce qu'elle avait fait six ans plus tôt ? Après avoir écouté son récit il l'avait laissée partir sans esquisser un geste pour la retenir…

Après avoir rangé l'assiette, le bol et les couverts de Miki, elle sortit des légumes du réfrigérateur pour commencer à préparer le dîner. Les journées se ressemblaient toutes et elle s'habituait peu à peu à cette routine. L'entente était plutôt bonne avec Agnetha, quand bien même elles n'avaient que le petit garçon en commun.

Un frisson d'appréhension la secoua. Vivre ici avec eux augmentait le risque de se faire repérer…

La sonnette de l'entrée la fit sursauter. À croire qu'elle avait convoqué précisément le démon qu'elle redoutait de voir apparaître !

Le front plissé elle traversa le salon, où Agnetha et Miki étaient toujours absorbés par le dessin animé, et alla ouvrir.

Ses yeux s'arrondirent de stupeur.

— Bonsoir, Eliana.

Leandros avait pris une voix égale, comme si son apparition sur ce seuil était des plus banales.

Silence.

Elle le fixait d'un air incrédule, une main sur la gorge.

— Puis-je entrer ?

Toujours muette, Eliana s'écarta pour lui céder le passage.

Dans le salon, il salua poliment la grand-mère de Miki.

— Bonsoir ! Désolé de débarquer à l'improviste, mais j'aimerais emmener Eliana dîner dehors. J'espère que cela ne vous dérangera pas trop ?

Son irruption dans l'appartement avait provoqué une stupeur générale.

— Le monsieur ! s'écria Miki, l'index pointé vers lui.

Leandros sourit.

— Oui, le monsieur qui t'a fait glisser sur le toboggan.

— Ouiiii !

Là-dessus, le petit se replongea dans son dessin animé, tandis que sa grand-mère jetait un regard hésitant à Eliana.

— Vas-y, dit-elle enfin. Je me débrouillerai avec Miki.

Leandros se tourna à son tour vers Eliana, qui semblait très tendue.

— S'il te plaît, dit-il. Je pensais retourner au restaurant que nous avions testé la dernière fois. Le poisson était bon.

— Je... je...

— Bien ! C'est une affaire entendue alors. Veux-tu d'abord coucher Miki ? Je peux te donner un coup de main.

— J'allais préparer le dîner...

— Je ferai la soupe tout à l'heure, dit Agnetha. Sortir te fera du bien, ajouta-t-elle avec conviction, cette fois.

Leandros la sentit néanmoins gênée et se demanda pourquoi.

— Et comment ! renchérit-il, tournant un regard interrogateur vers Eliana.

Elle hésita, semblant chercher une excuse pour ne pas le suivre... Pour finir, elle lui tourna le dos.

— Il me faut une veste.

Elle disparut dans ce qui était sans doute sa chambre et réapparut peu après avec la veste en question, courte et de mauvaise qualité, comme le pantalon et le pull qu'elle portait. Les cheveux noués à la diable sur la nuque, elle n'était pas maquillée, et était pourtant aussi belle que la lune et les étoiles. Leandros se détendit.

— Parfait, allons-y alors.

Il dit au revoir à la grand-mère avant de sortir, promettant de ne pas retenir Eliana trop longtemps. Ni l'un ni l'autre ne prononça un mot en descendant l'escalier.

Dehors, la nuit était fraîche. L'automne était arrivé ici aussi. Le taxi qui l'avait conduit ici attendait le long du trottoir. Il donna l'adresse du restaurant au chauffeur et laissa Eliana se glisser sur la banquette avant lui. Elle tourna les yeux vers la vitre et ne souffla mot. Il n'insista pas.

Le taxi longea le front de mer et les déposa devant l'entrée du restaurant. Leandros n'avait pas réservé, mais comme la fois précédente il était encore tôt et il restait plusieurs tables libres. C'était le seul point commun avec leur dernière venue. L'horaire… et les vêtements bon marché d'Eliana.

Tout le reste avait changé depuis. Complètement, et pour toujours.

Il restait à peine un changement de plus à acter.

Eliana se sentait faible et un peu perdue. Que faisait ici Leandros ? Et que faisait-elle avec lui dans ce restaurant, à l'endroit même où il lui avait offert de l'accompagner à Paris après avoir resurgi dans sa vie après six longues années ?

Comme la dernière fois, elle passa commande sans réfléchir. Leandros ajouta une bière pour lui-même, une carafe de vin pour tout le monde et de l'eau minérale. Une corbeille de pain apparut sur la table, et le serveur s'éclipsa.

Eliana se mit à picorer distraitement son petit pain.

Que se passait-il au juste ? Elle leva la tête vers Leandros, qui remerciait le serveur déjà revenu avec les boissons.

— Pourquoi es-tu là, Leandros ? Tu m'expliques ?

Son ton était calme. C'était étonnant, car à l'intérieur elle n'était pas calme du tout. Les émotions ricochaient comme des tirs aléatoires dans toutes les directions.

Leandros reposa sa bière et la regarda droit dans les yeux.

— J'ai été très occupé, dit-il. Il y avait beaucoup à faire, mais je crois n'avoir rien oublié. Ceci, d'abord.

Il plongea la main dans la poche de sa veste et en sortit une enveloppe qu'il posa devant elle.

— Ouvre.

Perplexe, Eliana s'exécuta. Ses mains semblaient malhabiles et peu disposées à ouvrir proprement l'enveloppe. À l'intérieur, une feuille de papier un peu épaisse, qu'elle déplia d'un geste lent.

— C'est l'acte de propriété de la maison de ton père, déclara Leandros.

Elle releva vers lui des yeux exorbités.

— Je l'ai rachetée à Jonas Makris. Pas en mon nom propre bien sûr, je suis passé par un mandataire… Un mandataire très pressé, précisa Leandros avec un sourire en coin, qui lui a proposé une somme exorbitante sous prétexte qu'il adorait les maisons de cette époque et qu'il voulait l'acquérir coûte que coûte. Jonas n'a pas pu résister, tu t'en doutes, même si j'ai baissé en fin de compte le prix qu'il pensait pouvoir en tirer. La transaction a eu lieu hier. Et voilà le résultat ! Ta maison, de retour dans la famille.

Leandros marqua une pause, lisant sans doute la stupeur, l'incompréhension sur son visage.

— Elle est à toi, Eliana, ajouta-t-il un ton plus bas.

Elle secoua la tête, incrédule.

— Non, bien sûr que non ! Elle n'est pas à moi, voyons ! Elle est à toi, à *toi,* Leandros ! Tu l'as achetée avec ton argent… Elle t'appartient maintenant !

— Que ferais-je d'une maison pareille ? répliqua-t-il. J'en ai déjà une à Psychiko, qui me convient très bien. Héritée de mon père. Le tien aussi, Eliana, aurait dû te léguer sa maison au lieu de t'obliger à épouser Damian pour lui éviter de la perdre !

Eliana se mordit la lèvre.

— Mon père ne m'a obligée à rien, Leandros. Jamais. J'ai choisi d'épouser Damian. Pour l'argent…

Sa voix se brisa.

— Pour sauver la maison et permettre à ton père de la garder, rectifia Leandros d'une voix dure. Pour lui éviter la ruine !

Eliana redressa le menton.

— Ce mariage m'a aussi évité la pauvreté que d'après toi je n'aurais jamais pu affronter, si ton père t'avait déshérité comme il l'avait laissé entendre. Tu me l'as suffisamment reproché.

Un éclair de colère traversa le regard de Leandros.

— Ça, dit-il sèchement, ce n'est pas vrai.

Il saisit son verre de bière, but une longue gorgée et le reposa bruyamment sur la table.

— Je te l'ai mille fois reproché en effet... et c'était faux ! Si ton but avait été l'aisance financière, tu ne vivrais pas aujourd'hui dans un studio miteux, ou chez la grand-mère d'un enfant dont tu as pris la responsabilité !

— Je n'ai pas le choix, rétorqua Eliana.

Cette conversation ne servait à rien. Elle n'avait aucun sens...

— Si, justement, tu as le choix ! Tu pourrais très bien laisser Miki et Agnetha se débrouiller seuls. Et, si Jonas met la main sur son petit-fils, qu'est-ce que ça peut te faire ?

— Je ne ferai jamais ça !

— Exactement. Et cela prouve ce que je suis en train de te dire. Tu pourrais très bien garder pour toi l'allocation de Jonas, garder ces fichues robes que je t'ai achetées à Paris, et aller te trouver à Athènes un nouveau compagnon... Avec ta beauté spectaculaire, ce serait le jackpot garanti !

Eliana se sentit pâlir. Seigneur ! Pensait-il encore cela d'elle ?

— Mais tu ne le feras pas, reprit-il d'une voix changée. C'est impensable pour toi. Tout comme il était impensable d'épouser Damian juste pour continuer à vivre dans le luxe.

Un rire amer lui échappa.

— Tu ne l'as pas du tout épousé pour cette raison, contrairement à ce que je me suis dit et répété ces six dernières années ! Cela me donnait une raison solide de te haïr, puisque mon amour n'était plus rien à tes yeux. Bon sang ! Je te voyais gâtée, choyée, surprotégée par ton père, et c'était tout le contraire ! Je l'ai enfin compris... C'était toi qui protégeais ton père ! En épousant Damian tu lui as permis de finir ses jours chez lui et d'échapper de son vivant à la ruine qui menaçait. Ce malheur est retombé sur toi après sa mort. Et ton mari t'a refilé le fils qu'il n'avait pas le courage d'assumer lui-même...

— Ne les blâme pas ! répliqua vivement Eliana. Ce pauvre Damian avait si peur de Jonas. Quant à mon père, il n'était pas doué avec l'argent. Ceux qui héritent d'une fortune qu'ils n'ont pas construite ne savent pas la gérer. Il... il a fait de son mieux. Et tout s'est effondré à la mort de ma mère...

— Et moi qui te croyais chouchoutée par un papa poule ! C'était bien l'inverse, n'est-ce pas, Eliana ?

Elle détourna les yeux. La vérité était trop dure à affronter – elle avait tant aimé son père...

— C'était un homme bon mais... naïf. Il n'a pas vu la nasse que tissait autour de lui Jonas. L'angoisse de la ruine lui avait déjà valu un infarctus...

Ses yeux s'abaissèrent sur l'acte de propriété posé à côté de son assiette.

— Je suis heureuse qu'il n'ait eu à aucun moment conscience que la maison était perdue et qu'elle ne me reviendrait pas.

— Eh bien, c'est fait, maintenant.

— Mais je ne peux pas accepter, tu le sais bien ! En quel honneur me ferais-tu ce cadeau ?

Les yeux de Leandros se voilèrent soudain.

— Ne le sais-tu pas déjà, Eliana ? Aucune idée, vraiment ?

Un silence suivit ces paroles.

Elle perçut du bruit en cuisine, les paroles de bienvenue du serveur à l'adresse de nouveaux clients, des bribes de conversations... et les palpitations effrénées de son cœur, qui tapait fort contre ses côtes.

— Je veux que ce soit mon cadeau de mariage pour toi, Eliana.

Ses battements de cœur devinrent assourdissants, noyant tous les autres bruits. La salle se mit à tournoyer autour d'elle. Elle sentit sa main prise, soulevée. Dans la voix de Leandros, une intensité inédite creusa en elle comme une faille.

— Il y a six ans tu m'as dit non et tu m'as quitté. Cette fois...

La prise se resserra sur sa main.

— Ne me rejette pas, dit-il d'une voix enrouée, comme si chaque mot lui coûtait. Je ne pourrais pas le supporter.

Eliana battit des cils. Leandros parlait, et l'émotion déferlait. Ses mots enfiévrés se frayaient un chemin entre les coups de boutoir de son cœur pour l'atteindre. La toucher dans son corps, son âme.

— À Paris nous nous sommes retrouvés. Eliana... ne nous oblige pas à nous perdre encore ! Le jour où tu m'as laissé pour la seconde fois, c'était comme... un couteau planté dans ma gorge. Moi, je *savais* que ce que nous avions au tout début était réapparu. Ce n'était peut-être jamais parti, c'était juste étouffé par ma rancune...

— Je t'ai blessé, je le sais, murmura Eliana en retournant sa main dans la sienne. Je ne me le suis jamais pardonné. À Paris je t'ai dit que si c'était à refaire mon choix serait le même. Si je n'avais pas épousé Damian, mon père aurait dû affronter la ruine et cette idée m'était intolérable. En outre...

Elle se tut et ferma les yeux. Son cœur galopait, galopait...

— En outre ? répéta Leandros d'un ton pressant.

— Ton père menaçait de te déshériter.

Ses yeux se rouvrirent et cette fois c'était sa main qui broyait celle de Leandros.

— As-tu jamais songé à ce que j'ai ressenti lorsqu'il m'a dit que tu te retrouverais sans un sou si tu m'épousais ? Leandros, je *t'aimais* ! Comment aurais-je pu rester fiancée avec toi en sachant que cela te coûterait ta relation avec ton père et ton héritage ? Comment aurais-je pu te faire ça ?

Leandros la contemplait fixement en silence. Il lui vint une envie de hurler. Hurler le désespoir qui l'avait anéanti ce jour-là.

— Alors je ne l'ai pas fait, Leandros. Je t'ai annoncé que je ne voulais plus t'épouser et je t'ai laissé dire... laissé penser...

— Tu m'as laissé t'insulter, te traiter de fille vénale et dépravée. Une nouvelle Manon, murmura Leandros d'une voix tremblante.

— C'était préférable ainsi. Avec la haine au cœur, tu pouvais tourner la page, m'oublier.

À ces mots Leandros inspira vivement et lâcha sa main – et brusquement un grand froid envahit Eliana.

— Mon père disait cela seulement pour te mettre à l'épreuve. Depuis longtemps il m'avait prévenu que certaines femmes s'intéresseraient non pas à moi, mais à la richesse de ma famille, et qu'il testerait ma fiancée quelle qu'elle soit, pour voir sa réaction. Et... j'ai accepté.

Sa voix tremblotait.

— J'ai vu dans ton rejet la preuve que ses soupçons étaient fondés. Il m'a dit que ton père connaissait des difficultés financières, que ce mariage était un moyen de le tirer d'affaire et, lorsque tu m'as rendu la bague, j'ai pensé qu'il avait raison. C'est devenu ensuite une certitude à la nouvelle de tes fiançailles avec Damian Makris.

Il saisit sa bière et vida d'un coup ce qu'il en restait avant de reposer le verre sur la table. Puis il la regarda droit dans les yeux.

— C'était la plus grosse erreur de ma vie, dit-il en se passant une main sur le front. J'ai tout gâché dans les grandes largeurs. Si je t'avais fait confiance... Si j'avais cru plus profondément à l'amour que tu me portais... J'aurais dû ouvrir les yeux, comprendre pourquoi tu me tenais ce discours...

Eliana secoua la tête.

— Je serais partie tout de même, si cela impliquait pour toi de rompre avec ton père et de renoncer à ton héritage.

— Mais ce ne serait jamais arrivé ! Je te l'ai dit, c'était du bluff... Si tu étais restée avec moi, si tu m'avais dit que tu te moquais d'être riche ou pauvre, alors il aurait compris, et moi aussi, que c'était moi que tu aimais, et pas la fortune des Kastellanos ! Oh ! Seigneur, nous aurions renfloué ton père et ensuite... nous aurions passé les six dernières années ensemble, en mari et femme. Comme nous aurions dû le faire si je n'avais pas tout fichu en l'air, et comme nous pouvons encore le faire, Eliana, dit-il en lui reprenant la main presque avec dévotion, comme si c'était un trésor. Épouse-moi, cette fois. Tout ce passé est évacué désormais. Paris nous l'a prouvé à tous les deux !

Sa voix tomba dans les graves.

— Pour ma part, Paris m'a prouvé que je n'ai jamais, jamais cessé de t'aimer. J'ai tout essayé pour tuer cet amour, le souiller, le bannir comme une peste, mais à Paris il s'est libéré de tous ces poisons. Je n'en étais pas conscient sur le moment, mais chaque nuit avec toi l'a prouvé, chaque jour aussi. Et si, oh ! Seigneur, *si* dans ce cœur qui t'a fait consentir à tant de sacrifices, ma très chère Eliana, tu peux trouver un fragment, un éclat minuscule, un atome de ce que tu ressentais pour moi à l'époque, alors je consacrerai ma vie entière à le faire grandir en toi.

La vision d'Eliana se brouilla. Un fort courant venu du fond de son être, irrépressible, faisait lentement surface.

— Inutile d'en venir à ces extrémités, chuchota-t-elle. Parce que c'est là, intact, depuis toujours. Je me suis raconté que je t'accompagnais à Paris pour payer ma dette, mais c'était un mensonge. Lorsque je me suis retrouvée dans tes bras, j'ai compris la vérité. J'étais là pour une raison et une seule : je t'aime encore et je t'aimerai toujours, Leandros, jusqu'à la fin des temps.

Elle n'y voyait vraiment plus rien maintenant. Les larmes coulaient, son cœur faisait des loopings dans sa poitrine. Sa main se crispa sur celle de Leandros, qui la porta à ses lèvres pour y déposer un long, très long baiser.

Un discret toussotement à côté d'elle l'incita à tourner la tête. Le serveur lui tendit une petite pile de serviettes en papier. Un rire un peu fêlé s'étrangla dans sa gorge. Elle prit une serviette, puis deux, et bientôt trois, car les larmes ne voulaient plus s'arrêter. Six années de chagrin à déverser, c'était long.

Dans un brouillard, elle perçut la voix de Leandros qui s'adressait au serveur cette fois.

— Je crois qu'elle est en train de dire oui à ma demande en mariage…

— Absolument ! Ma femme a pleuré toute la journée lorsque je lui ai demandé sa main. C'est leur façon de montrer leur joie, vous savez, chuchota le serveur avant de s'éclipser.

Eliana épongeait toujours des larmes intarissables tout en s'accrochant à la main de Leandros comme si sa vie en dépendait. Et c'était peut-être le cas…

Le serveur réapparut, une bouteille à la main.

— Avec les compliments de la maison, a dit le chef. Il est aussi le propriétaire du restaurant, donc on ne discute pas.

Il posa sur la table le vin pétillant, un cépage grec très populaire, retira le muselet métallique puis fit sauter le bouchon et remplit deux verres – des verres à vin, destinés à recevoir celui de la carafe, mais cela irait très bien. Tout lui allait très bien ce soir, tout…

— Félicitations ! lança le serveur avant de disparaître de nouveau.

Leandros levait déjà son verre. Eliana se hâta de l'imiter.

— À nous, dit-il. Et à toi, Eliana, mon cœur, mon âme, que j'ai laissée partir et pleurée chaque jour depuis.

— À nous !

De ses doigts tremblants, Eliana porta le verre à ses lèvres.

Enfin, après six années d'angoisse, il y avait un « nous ».

C'était enfin vrai. Et désormais cela le serait toujours.

Toujours.

Ils se promenèrent main dans la main sur le front de mer de Thessalonique. Ils n'étaient pas les seuls, mais le reste du monde n'existait plus pour eux.

Un incroyable sentiment de paix habitait Leandros. Il s'y mêlait quelques regrets qui ne se dissiperaient sans doute jamais, pour ce qu'il avait fait six ans plus tôt à Eliana et à lui-même.

Tant d'années gâchées ! Néanmoins la gratitude qui ruisselait en lui était bien plus puissante. Il s'arrêta et invita Eliana à se tourner vers lui.

— Il y a un vers à la fin de l'*Othello* de Shakespeare… Othello dit avoir « jeté au loin une perle ». C'est ce que j'ai fait. Je t'ai jetée au loin. Je t'ai laissée partir sans me battre, alors que je *savais* que tu m'aimais.

Il aspira une bouffée d'air, les yeux sur Eliana. Il ne la quitterait plus *jamais* des yeux.

— Désormais j'aurai toute confiance dans cet amour. Et toi, tu peux te fier pour l'éternité à mon amour pour toi.

Dans le halo du lampadaire, il vit des larmes briller dans ses yeux et s'inclina pour les chasser d'un baiser. Il en profita pour prendre aussi sa bouche. Eliana dégagea sa main, mais ce fut pour l'enlacer d'un bras ferme, possessif.

— Pardonne-moi, murmura-t-il contre ses lèvres.

Eliana resserra sa prise autour de sa taille.

— Oh ! Mon amour, nous sommes de nouveau réunis et, cela, c'est un cadeau qui n'a pas de prix. Plus précieux même qu'une perle…

Il se mit à rire.

— Tu auras des perles et des rubis et des diamants et des émeraudes et des saphirs et…

Elle l'embrassa pour le faire taire.

— Leandros, l'argent nous a séparés et je le regrette de tout cœur. Si tu avais été pauvre à l'époque et mon père aussi, je ne me serais pas sentie en devoir de le protéger et rien ne m'aurait empêchée de t'épouser. Crois-moi, je t'en supplie…

Il l'embrassa à son tour, doucement, tendrement.

— Toujours, dit-il en souriant.

Puis son sourire se fit un peu chagrin.

— Si seulement je n'avais pas promis à la grand-mère de Miki de ne pas te retenir trop longtemps… Là tout de suite, je rêve de t'entraîner jusqu'à ma chambre d'hôtel pour te faire passionnément l'amour jusqu'à l'aube.

— Moi aussi, dit Eliana en riant, mais d'abord je dois rentrer et discuter avec Agnetha. Tu... tu es sûr que le plan que tu m'as exposé au restaurant te convient ?

— Oui. C'est la meilleure solution pour tout le monde... Si nous l'emmenions déjeuner demain avec Miki pour lui annoncer ensemble la nouvelle ? suggéra-t-il. Nous connaissons toi et moi une excellente taverne de poisson. Ils nous ont offert une bouteille, nous leur devons quelques clients supplémentaires, non ?

— Mais tu as insisté pour qu'ils la comptent dans l'addition... et tu as laissé un énorme pourboire !

— Bah ! Le bonheur incite à faire ce genre de choses.

Il aurait acheté cent bouteilles de ce petit vin pétillant si cela avait pu lui procurer ne serait-ce qu'une fraction du bonheur qui l'étouffait presque ce soir.

Main dans la main, ils reprirent leur promenade au bord de l'eau.

Que le chemin avait été long jusqu'ici ! La faute à son propre aveuglement, sa peur, son amertume... Mais à présent il était là, tenant la main de la femme qu'il aimait et qu'il aimerait jusqu'à son dernier souffle et au-delà. Aucun pouvoir sur terre ni au ciel ne les séparerait plus.

— Mon Eliana, dit-il en s'arrêtant pour l'embrasser encore.

Elle murmura son prénom en retour.

Ce murmure gorgé de tout l'amour qui les unissait se perdit dans la douce brise montant de la mer plongée dans la nuit, tandis qu'ils se remettaient en marche du même pas vers l'avenir qui leur tendait les bras.

Épilogue

Eliana se renversa contre le dossier de son bain de soleil. Leandros avait tiré le sien près d'elle, sous le parasol qui les protégeait du chaud soleil de ce début d'été. Un peu plus loin, Miki barbotait joyeusement dans la pataugeoire qui avait été ajoutée à la piscine de la villa et tenait de grands discours à sa flottille de petits voiliers colorés.

Elle sourit en l'observant. Il était heureux ici, sa chère *yaya* aussi… Tous deux s'étaient habitués à la maison de son père, où elle les rejoignait le week-end avec Leandros et parfois avec Chloé, ravie de leur réconciliation, et son jeune mari Andreas. Ils s'étaient installés dans le pavillon où logeait autrefois la gouvernante de son père. Sophie leur tenait compagnie, combinant le rôle de nounou pour Miki et d'aide ménagère pour sa grand-mère.

L'embauche de Sophie avait demandé un certain temps à Leandros avant qu'il ne file à Thessalonique l'arracher à la vie qu'elle menait là-bas et lui offrir celle qu'il voulait pour elle, à ses côtés. Comme elle ne voulait plus jamais le quitter non plus, tout allait pour le mieux…

Deux autres tâches l'avaient bien occupé, mais elles portaient leurs fruits aujourd'hui.

La procédure d'adoption officielle de Miki par sa grand-mère, mise en route par son avocat, avec Eliana et Leandros pour tuteurs, avait enfin abouti. Au vif soulagement d'Eliana, Miki serait dorénavant protégé des manœuvres du père de Damian s'il venait à apprendre son existence.

Leandros avait aussi fait travailler son enquêteur financier. « Il me semblait curieux qu'une assurance-vie n'ait pas émergé après l'accident de Damian, lui avait-il expliqué. Eh bien, il y en avait une, j'en ai eu la preuve ! Et figure-toi que le bénéficiaire c'était toi, son épouse. Jonas se l'était appropriée, mais tu as le droit pour toi, tu peux la récupérer. C'est une somme généreuse. »

Elle l'avait récupérée, mais pas pour elle, pour Miki. C'était l'héritage de son père. Elle avait chargé Leandros de l'investir pour que Miki ait de quoi voir venir une fois adulte.

C'était bien ainsi. Elle-même avait tant aujourd'hui !

J'ai tout – j'ai Leandros. Il est tout ce dont je pouvais rêver. Riche, pauvre ou entre les deux, peu importe, il est à moi maintenant.

Comme elle était à lui, maintenant et pour toujours...

— L'anniversaire de Miki approche, dit-il soudain. Quatre ans déjà !

Il la contemplait d'un air songeur, avec un petit quelque chose en plus qui la troubla délicieusement.

— Il serait peut-être temps de lui donner un demi-frère ou une demi-sœur, non ?

— Il s'en réjouirait, et nous aussi, dit Eliana. Cette maison réclame des enfants. J'ai été si heureuse ici, petite.

Leandros porta à ses lèvres la main qu'elle lui avait abandonnée.

— Alors c'est décidé. Un bébé en commande, dès que la nature le permettra !

Eliana entrelaça leurs doigts.

— La nature pourrait avoir besoin d'un coup de main, dit-elle d'un ton dégagé avec un sourire suggestif. Un décor romantique suffirait peut-être, qu'en penses-tu ?

Il saisit l'allusion au vol. Normal, ils étaient toujours sur la même longueur d'onde, en harmonie parfaite.

— Voyons, murmura-t-il en plissant le front. Au risque de

te paraître un peu prévisible… à ton avis, Paris serait assez romantique ?

Elle rit tout bas. C'était déjà la destination qu'ils avaient élue six ans plus tôt, avant que le projet ne tourne court. C'était aussi là que s'était miraculeusement évaporée toute la rancune qui les séparait. Après cela, juste avant Noël, la capitale française les avait accueillis pour leur vrai voyage de noces dans la froidure, avec ses marrons grillés sur des braseros à chaque coin de rue, ses marchés de Noël au décor de contes de fées et tous ses monuments illuminés de mille feux la nuit.

— Va pour Paris, dit Eliana avec un petit soupir béat.

Plus tard, aux alentours de minuit, lorsqu'ils se furent retirés dans leur chambre, il l'embrassa partout. Il fit même bien plus que l'embrasser…

Plus tard encore, tandis qu'ils se berçaient l'un l'autre entre les draps, alanguis après l'amour, Leandros chuchota :

— C'est important de s'entraîner pour Paris.

Excellente idée, songea Eliana avant de plonger, comme chaque fois que le sommeil la prenait dans les bras de Leandros, dans le plus beau, le plus doux, le plus délicieux des rêves.